살면서 문득

살면서 문득

초판 1쇄 인쇄 2015년 12월 23일
초판 1쇄 발행 2015년 12월 30일

지 은 이 엄태준
발 행 인 정현순
발 행 처 지혜정원
출판등록 제313-2010-3호(2010. 1. 5)
주   소 서울시 광진구 천호대로109길 59 1층
연 락 처 TEL : 02-6401-5510 / FAX : 02-6280-7379
홈페이지 www.jungwonbook.com
전자우편 book@jungwonbook.com

디 자 인 이용희

ISBN 978-89-94886-98-5 03810

시골변호사 엄태준의 사랑과 행복에 관한 짧은 생각

살면서 문득

엄태준 지음

지혜정원

우리가 살아가는 이유는 무엇일까? 우리는 무엇을 위해 살아
가는 것일까? 대체로 우리는 "각자 추구하는 행복의 내용이 다르
기는 하지만 우리가 살아가는 목적은 행복이다."는 말에 동의한
다. 우리가 "행복하기 위해서 산다."는 말에 동의하는 이유는 무엇
일까? 그것은 우리의 삶이 근본적으로 행복하지 못하다는 것이고,
비록 행복을 느끼는 순간이 있더라도 그 행복한 순간이 지속되지
않으리라는 불안 또는 확신이 있기 때문이 아닐까 생각해 본다.

"나는 지금 정말 행복한가? 그리고 죽을 때까지 행복할 자신
이 있는가?"라고 스스로 자문할 때 자신 있게 "그렇다!"라고 말할
수 있는 사람은 많지 않다. 기껏해야 "이 정도면 행복한 거야!"라
고 스스로 위로하면서 살아가는 것이 보통이다.

우리의 일상은 대체로 불행하고, 불행한 일상으로부터 도피하면서 행복하다고 느끼며, 그러한 행복이 진짜라고 믿고 불행한 일상으로부터의 도피 행위에 중독되어 살아가고 있다. 그러나 불행하고 괴로운 일상은 우리를 항상 기다리고 있다. 우리는 스스로 행복하지 못함을 잘 알고 있어서 타인의 인정과 사랑을 갈망하고, 남의 평가와 비난을 두려워하면서 살아가고 있다. 이러한 삶은 내 삶의 행복과 불행이 타인의 평가에 의존된 매우 자유롭지 못하고 불안한 삶이다.

이 책은 50년 동안 타인의 평가에 의존하여 살아왔던 나의 삶을 되돌아보면서 그동안의 삶의 태도가 분명히 잘못되었음을 인정하는 참회록임과 동시에 새롭게 깨달은 지혜를 통해 앞으로 외부 여건에 크게 좌우되지 않고 행복한 삶을 살아갈 수 있다는 기쁨을 나누고자 하는 글이다.

내가 50년 동안 불행한 삶을 살아왔던 이유는 '사랑'이 부족했기 때문임을 분명히 인정하고 이제부터는 조건과 관계없이 그 누구도 미워하지 않으며 살아갈 수 있는 지혜를 알게 되어 그 기쁨을 이 책을 통해 많은 분과 나누고 싶다.

우리가 살아가는 삶의 현장에서 '사랑'으로 해결 못 할 일은 하나도 없으며, 사랑하는 마음이 없이 하는 일은 무엇이든 불행을 초래하게 됨을 알게 되었다. 따라서 우리가 하는 모든 일은 사랑하는 마음을 바탕으로 해야 하며, 나는 이 책을 통해 독자들이 '사랑의 힘'을 키울 수 있기를 바란다.

나는 이 책을 통해 '조건 없는 사랑'과 '조건 없는 행복'을 누릴 수 있는 나름의 몇 가지 지혜를 독자들과 공유하고자 한다.

다만, 사정이 여의치 않아 체계적으로 책을 쓰지 못하고 그동안 적어두었던 짧은 글들을 모아서 책을 엮다 보니 매우 부족한 책이 되리라 생각한다.

부디 이 책을 통해 독자들께서 '조건 없는 사랑과 행복'이 가능하리라는 믿음을 갖게 되고, 나아가 각자의 경험을 통해 '조건 없는 사랑과 행복'의 지혜를 확신하면서 맘껏 자유로운 삶을 살아갈 수 있게 되기를 바란다.

2015년 12월
엄태준

차 례

삶의 태도

,

타인의 '인정'으로
행복을 바라는 사람

이 사람들은 우리의 삶이 기본적으로 외로운 것(불행)으로 이해하고, 타인의 인정을 통해 그 외로움을 달래면서 살아가야 한다고 생각한다. 어쩌면 타인으로부터 '사랑'받는 것은 포기하고 '인정'받는 것으로 만족하며 살아가는 사람들이다. 여기에 속하는 사람들은 타인으로부터 받는 인정의 양만큼 불행(외로움)이 줄고 행복은 늘어난다고 믿고 있다. 이 사람들의 삶의 주된 목표는 타인으로부터 인정을 많이 받는 것이다. 대부분의 사람들이 살아가고 있는 삶의 방식, 삶의 태도이다.

이 사람들은 사랑을 '조건 있는 사랑'으로 이해한다. '조건 없는 사랑'은 불가능하다고 믿는다. 이 사람들은 사랑을 조건을 충족시켜 주는 대상에 대해 느끼는 좋은 감정으로 이해한다. 그래서 사랑을 하다가도 그 조건이 깨지면 사랑을 그만둔다. 따라서 이 사람들은 '사랑'이라는 단어를 숭고한 것으로 여기지 않는다. 그래서 여기에 속하는 사람들은 타인의 '사랑'에 집착하기보다는 타인의 '인정'에 집착하며 살아간다. 이 사람들은 다른 사람으로부터 인정을 받기 위해서 무진 애를 쓰며 살아간다. 타인의 인정을 받기 위해서는 남보다 나아야 한다고 생각한다. 많은 재산과 지식, 높은 권력을 얻기 위해서 늘 경쟁한다.

자신이 가진 재산, 지식, 권력을 상대방의 그것과 늘 비교한다. 타인과 비교해서 자신이 비교우위에 있기를 바란다. 비교해서 자신이 부족하게 가지고 있으면 열등감을 느끼고, 자신이 더 많이 가지고 있으면 기뻐하고 자랑한다. 다른 사람이 자신의 비교우위를 인정해주면 기분 좋아하고, 때로는 자신이 더 훌륭하다는 것을 인정하라고 간접적으로 강요하기도 한다. 이들이 많은 재산을 모으고, 높은 권력을 잡고, 많은 지식을 쌓는 것은 그것을 통해 타인으로부터 인정을 받기 위한 것이다. 많은 돈과 높은 권력을 쟁취하기 위해 늘 경쟁하느라 몸과 마음은 늘 긴장상태에 있다. 이미 쟁취한 돈과 권력을 잃게 될까 봐 항상 두려워한다. 이 사람들은 타인으로부터 "당신이 부럽다."는 말을 듣고 싶어 한다. 서로 행복의 크기를 경쟁하는 사람들이다. 남보다 자신이 더 행복하기를 바라는 사람들이다. 부러우면 지는 거라고 믿는 사람들이다. 사촌이 땅을 사면 배가 아픈 사람들이다.

또한, 이 사람들은 자신의 생각이 옳다고 인정받고 싶어 한다. 자기 생각을 인정하라고 다른 사람에게 강요한다. 이 사람들은 "당신 생각이 옳다."는 말을 듣고 싶다. 이런 말을 들어야 행복하다. 이 사람들은 자식 자랑도 많이 한다. 자기 자식이 남의 자식보다 잘 나가야 한다. 자기 자식이 남의 자식보다 부족하게 여겨지면 그것을 곧 자신의 불행으로 느낀다.

이러한 사람들에게는 다른 사람이 사랑해야 할 대상이 아니라 경쟁의 대상이다. 경쟁에서 이겨 인정받고 싶어 한다. 우리가 살아가는 사회는 경쟁의 장이라고 여긴다. 이 사람들은 공격적이고 경쟁적인 삶을 살게 된다.

이 사람들은 다른 사람들이 자신을 진정으로 인정하고 사랑하는지에 대한 확신이 없으므로 늘 불안하다. 다른 사람과 항상 경쟁하고 싸우기 때문에 늘 외로움에 떨 수밖에 없다. 타인의 인정과 사랑을 확신할 수 없기에 타인의 인정과 사랑이 확인될 때에만 일시적으로 행복하다. 타인의 인정과 사랑이 확인될 때 기분 좋다가도 그것이 의심될 때에는 불안하고 외로워지므로 이들의 심리 상태는 늘 불안하다.

이 사람들은 '자기가 하고 싶은 대로 할 수 있는 것이 자유'라고 이해한다. 자기가 할 수 있는 것을 마음대로 하기 위해 돈, 권력을 많이 소유하려고 한다. 돈과 권력이 더 많은 자유를 보장해 줄 것이라고 믿기 때문이다.

조건 없는 '사랑'으로
행복을 바라는 사람

이 사람들은 '조건 없는 사랑'이 가능하다고 믿는 사람들이다. 이 사람들은 '조건 있는 사랑'은 사랑이 아니라고 주장한다. '조건 있는 사랑'은 조건을 충족시킨 사람에 대해서 느끼는 좋은 느낌 또는 좋은 감정에 불과한 것으로서, 대상을 만족 수단으로 여기는 것이기 때문에 진정한 사랑이 아니라고 한다. '조건 없는 사랑'은 조건 없이 사랑하는 것으로서 대상을 가리지 않고 있는 그대로를 사랑하는 것이다.

여기에 속하는 사람들은 '조건 없는 사랑'에 의해서만이 행복한 삶을 살아갈 수 있다고 믿는다. '조건 없는 사랑'을 할 수 있는 지혜를 이해하고 실천하게 되면 자신과 타인을 있는 그대로 사랑할 수 있어서 항상 행복할 수 있다고 한다.

여기에 속하는 사람들은 자신과 타인의 과잉반응이 고통에서 비롯된 것임을 이해하지 못하기 때문에 자신이나 타인을 있는 그대로 사랑하지 못하는 것이라고 주장한다. 자신의 심적 고통을 보지 못하거나, 무시하기 때문에 그로 인해 과잉반응을 할 수밖에 없다고 한다. 따라서 자신과 타인의 결점(과잉반응)이 드러났다고 해서 비난, 실망, 자책을 할 것이 아니라 그 원인이 되는 심적 고통을 이해하고 감싸 안아줘야 한다고 주장한다.

여기에 속하는 사람들은 있는 그대로의 자신을 존중하고 사랑하는 조건 없는 자기 사랑을 할 수 있으면 우리의 삶이 행복의 연속이 될 것이라고 주장한다. 자기 사랑이 부족하면 근본적으로 외로울 수밖에 없다고 한다. 자기 사랑이 부족하기 때문에 타인의 인정과 사랑으로 행복해지려고 애쓰는 것이라고 한다.

이 사람들은 우선 있는 그대로의 자기를 사랑할 수 있는 지혜를 이해하고 경험하라고 강조한다. 자기를 조건 없이 사랑할 수 있으면 저절로 타인에 대해서도 조건 없이 사랑할 수 있게 된다고 한다. 그렇게 되면 모든 것을 있는 그대로 인정하고 받아들일 수 있어 늘 행복할 수 있다고 강조한다.

여기에 속하는 사람들은 다른 사람과 비교하지 않으며, 타인의 인정과 사랑에 의존적이지 않다. 이 사람들은 있는 그대로 받아들이는 것이 행복하고 자유로운 삶의 가장 중요한 덕목이라고 여기기 때문에 타인과 경쟁하지 않는다. 타인은 경쟁자가 아니라 사랑을 주고받는 대상이다. 조건 없는 사랑만 할 수 있으면 얼마든지 행복한 삶을 살 수 있다고 한다. 이 사람들은 공격적이지 않고 수용적이다.

이 사람들은 조건 없는 자기 사랑이 충만한 사람들이기 때문에 늘 외롭지 않다. 다른 사람과 비교하고 경쟁하지 않기 때문에 몸도 마음도 긴장되지 않고 편안하다.

이 사람들은 '자신의 평온한 마음이 외부 자극에 의해 흔들리지 않는 것이 진정한 자유다'라고 이해한다. 외부 자극에 의해 내 마음이 흔들리지 않는 것이 자유라고 생각하기 때문에 몸의 자유보다는 자유로운 마음을 중요하게 생각한다. 그리고 외부 자극은 우리 개인이 어찌할 수 없는 조건이기 때문에 외부 자극과 관계없이 우리 마음이 평온할 수 있는지에 주목하고 그것이 가능하다고 믿는 사람들이다. 이 사람들은 마음이 흔들릴 때마다 외부 자극에는 관심이 없고 오로지 자신의 마음만을 살핀다. 이 사람들은 마음이 불편하고 아플 때 남 탓도 하지 않을 뿐만 아니라 내 탓도 하지 않는다.

경험과 언어

경험을
말로 표현할 수 있을까

　우리는 하루에도 엄청나게 많은 말을 하며 지낸다. 단 하루
만이라도 말하지 않고 지낸다는 것은 상상도 하기 어렵다. 만약
일주일 동안 말하지 않고 지내야만 한다면 우리에게 어떠한 일이
벌어질까? 아마도 여러 가지 일이 벌어지겠지만 타인과 대화를
하지 못하는 것에 따른 외로움을 심하게 느끼지 않을까 생각된다.
우리가 타인과 대화를 하지 못할 때 외로움을 느낀다는 것은 타인
과의 대화를 통해 자신을 이해받을 수 있다고 생각하기 때문일 것
이다. 그런데 우리가 언어라는 수단을 통해 상대방과 대화할 때
상대방은 우리의 말을 얼마나 정확하게 이해할 수 있을까? 우리
의 일상적인 대화는 각자의 경험을 나누는 것이 대부분이다. 과연

우리가 보고 듣고 경험하는 것을 언어로 정확하게 표현할 수 있는 것일까? 우리는 말을 자세히 그리고 잘 설명한다면 우리가 경험한 것을 제대로 표현할 수 있다고 믿는다. 과연 그것이 가능할까?

언젠가 주말을 맞아 지인들과 경기도 이천시에 있는 설봉산에 올랐다. 나는 설봉산을 오르면서 여러 장면이 눈으로 들어왔다 사라지고, 여러 소리도 귀로 들어왔다가 사라져 가는 걸 느끼면서 걸었다. 산을 오르다가 문득 '내가 지금 보고 듣고 있는 것을 이곳에 없는 다른 사람에게 말(언어)로 설명하는 것이 불가능하다'는 것을 이해하게 되었다. 그전까지 나는 내가 경험하는 것을 다른 사람에게 설명할 수 있다고 믿었다. 그런데 내 눈 앞에 펼쳐지고 있는 이 풍경을 다른 사람에게 어떻게 설명할 수 있다는 말인가? 내 귀로 들려오는 이 소리들을 다른 사람에게 어떻게 설명할 수가 있다는 말인가? 내 코로 들어오는 냄새와 내 피부로 느껴지는 이 바람을 어떻게 정확히 설명할 수가 있다는 말인가? 우리가 살아가면서 하는 수많은 경험은 언어로는 어떻게 표현하고 설명할 수가 없다는 것을 그 순간 알게 된 것이다. 시간이 아무리 많이 주어져도, 그리고 아무리 많은 설명을 한다 해도 다른 사람에게 내가 경험하고 있는 것을 제대로 설명할 수가 없는 것이 진실이었다.

함께 설봉산을 오르고 있는 사람들 사이에서는 자신들이 보고

24

듣는 것들을 굳이 말로 설명할 필요가 없었다. "저기를 보라."고 하면 되었고, "이 냄새가 느껴지지?" 하면 되었다. 경험은 설명할 수 있는 것이 아니라 함께 느끼는 것이었다. 물론 보고 들은 것을 어떻게 느끼는지는 서로 다르겠지만...

만약 어떤 사람이 겨울철에 내리는 눈雪을 한 번도 본 적이 없다고 하자. 우리가 많은 말로 눈을 최대한 자세히 설명하면 그는 우리가 경험한 눈을 제대로 이해할 수 있을까? 백문불여일견百聞不如一見이다. 백 번 들어도 직접 한 번 본 것만 못한 것이다. 아니 천문불여일견, 만문불여일견, 억문불여일견이다!

우리의 오해에도 불구하고 경험을 언어로 정확하게 표현할 수는 없다. 우리는 상대방으로부터 자신의 경험을 이해받기 위해서 말을 하지만 경험은 말(언어)로 표현할 수 없기 때문에 아무리 많은 말을 한다고 하더라도 우리가 경험한 것을 상대로부터 제대로 이해받기는 불가능한 것이다.

언어의 한계와
개념의 함정

경험의 구체적인 내용을 언어로 표현할 수 없는 이유는 무엇일까?

언어라는 것은 '개념'으로 이루어진다. 개념은 추상적이고 애매모호하다. 예를 들어 '꽃'이라는 개념은 얼마나 애매한 표현인가! 도대체 장미꽃을 말하는 것인가? 호박꽃을 말하는 것인가? 꽃이라고 부르는 다양한 이름들이 얼마나 많은가! 좀 더 구체적으로 '장미꽃'이라고 표현해도 사정은 마찬가지다. 세상에 존재하는 장미꽃이라 불리는 꽃이 얼마나 많은가! 어디 꽃과 장미꽃만 그런가? 자동차, 사람, 산, 강, 구름, 학교, 아파트, 나무, 시계, 컵, 의자, 책상 등 모든 개념이 마찬가지다.

개념은 존재하지 않는 추상적이고 가상적인 것이다. 존재하는 모든 것은 구체적인 모습으로, 진짜의 모습으로 우리에게 다가온다. 우리는 본래 하나였던 것도 억지로 나누어 각각 다른 이름을 붙이기도 하고(머리, 몸통, 팔, 다리, 배, 등, 눈, 코, 입, 귀, 손, 손가락, 엄지, 검지, 중지, 약지, 손톱, 눈썹, 속눈썹, 머리카락...), 서로 다른 특징이 많음에도 불구하고 비슷한 것들을 같은 것으로 취급하여 하나의 이름을 붙이기도(나무, 소나무, 꽃, 장미꽃, 사람, 한국사람, 서울사람, 남자, 여자...) 했다.

우리는 나무, 소나무, 장미꽃, 사람, 남자, 여자 등이 존재한다고 믿는다. 그러나 나무, 소나무, 장미꽃, 사람, 남자, 여자는 개념이고 개념 자체가 존재하는 것은 아니다. 존재하는 것은 구체적인 모습의 바로 '이것'이다. 나무라 불리는 수많은 것 중 바로 '이것'이 존재하는 것이지 '나무'가 존재하는 것이 아니다. 내가 보고 있는 '이것'을 '나무' 내지 '소나무' 또는 '조선소나무'라고 표현하는 것은 얼마나 애매하고 대충인가! 그러나 아무리 자세히 표현해도 사정은 마찬가지다.

내 이름은 '엄태준'이다. 세상에 '엄태준'이라는 이름을 가진 사람이 나 혼자라고 가정하자. 그때에도 '엄태준'이 존재하는 것이 아니라 엄태준이라 부르기로 약속한 구체적인 '이것'이 존재하는 것이다.(여기서 '나'라고 하지 않고 '이것'으로 표현한 것은 '나'라고 하는 개념을 사용하면 또 다른 큰 문제를 야기할 수 있기 때문이다) 만약 '엄태준'이라는 이름 자체가 존재하는 것으로 이해하면 내가 법원에 가서 개명허가를 받아 '엄갑동'으로 이름을 바꿨을 때, 나는 죽지 않고 이렇게 버젓이 살아있는데 '엄태준'이가 존재하지 않게 되어 모순이다.

한편, 우리의 경험이란 것은 어떤 것인가? 경험은 하나밖에 존재하지 않는 구체적인 대상을 인식하고 느끼는 것이라고 할 수 있다. 경험의 대상은 하나밖에 존재하지 않는 아주 구체적이고 섬세한 것이다. 나는 '장미꽃'을 바라보고 있는 것이 아니라 '장미꽃'이라 불리는 꽃들 중 바로 '이것'을 바라보고 있는 것이다! 내가 바라보고 있는 '이것'을 단순히 '장미꽃'이라고만 표현하면 충분한가?

이처럼 경험은 하나밖에 존재하지 않는 구체적인 대상을 인식하고 느끼는 것인데 반해 개념은 추상적이고 가상적인 것이어서 애매모호한 것이다. 애매모호한 개념으로 이루어진 언어를 통해 너무나 구체적이어서 세상에 하나밖에 없는 경험을 표현할 수는 없다. 흰 장미, 빨간 장미, 노란 장미 등등. 또한 피어있는 장미꽃 한 송이 한 송이의 모습은 그야말로 천차만별이다. 그것을 어떻게 정확하게 표현할 수 있단 말인가!

경험의 대상은 함께 경험하는 방법 외에는 공유할 길이 없다.

누군가와 함께 있다면 내가 보고 있는 것을 손가락으로 가리키면서 상대에게 그것을 보라고 하면 되고 굳이 말로 설명할 필요도 없다. 그럼에도 불구하고 우리들은 경험한 내용을 개념으로 만들어진 언어라는 수단을 통해 매우 단순화시켜 설명한다. 이를테면, 어린아이가 엄마에게 "엄마! 이게 뭐야?"라고 묻고, 엄마는 "응! 이건 장미꽃이야!"라고 대답한다. 이 경우에는 엄마와 아이가 경험을 공유하고 있으니까 당시에는 문제될 것이 없다. 그러나 우리가 경험하는 것을 가지고 언어를 배우다 보니 구체적 경험의 대상을 개념과 같은 것으로 이해하게 된다. 즉, 엄마가 '장미꽃'이라고 가르쳐 준 '그것'을 개념으로서의 '장미꽃'으로 이해하게 된다. 그 후 다른 곳에서 엄마가 '장미꽃'이라고 가르쳐준 것과 비슷하게 생긴 것을 보고 아이는 "여기에도 똑같은 게 있네! 장미꽃이네!"라고 하는 것이다. 세상에 똑같은 것은 하나도 없고 지난번에 본 것과 이번에 본 것은 다른 것인데도 둘 다 '장미꽃'이라고 부른다. 그리고 이에 대해 아무런 의문도 갖지 않는다.

이처럼 경험은 언어로 표현할 수 없음에도 불구하고 우리는 그것이 가능하다고 오해하고 있으며, 그 오해를 불러일으킨 가장 큰 이유는 개념이 실제로 존재한다고 하는 그릇된 믿음 때문이다. 즉, 우리는 우리가 흔히 사용하는 사람, 남자, 여자, 자동차, 컵, 유리컵, 종이컵, 건물, 산, 강, 나무, 소나무, 전나무 등의 개념이 실제로 존재한다고 잘못 믿고 있는 것이다. 이와 같은 오해는 우리로 하여금 설명을 잘하면 자신의 경험을 충분히 설명할 수 있고, 상대방의 말을 잘 들으면 그가 경험한 것을 이해할 수 있다는 믿음을 만든다. 그리고 그러한 그릇된 믿음은 경험은 언어로 표현될 수 없다는 진실과 부딪혀 소통과 공감의 부재를 느끼게 한다. 언어를 통한 소통과 공감이 얼마나 어려운지를 알지 못하고, "내 말을 듣고는 있는 거니?" 또는 "표현을 그런 식으로 하니?"라고 남 탓을 하면서 언쟁을 하게 된다. 그래서 중요한 것은 우리가 개념 속에 실상(경험) 없고 실상 속에 개념이 없다는 것을 분명히 이해하면서 대화를 하는 지혜가 꼭 필요하다.

개념보다
경험이 중요하다

　　우리들은 산山과 들野이 서로 다른 것이라는 것에 대해 전혀 의심하지 않는다. 그런데 본래부터 산과 들이 다른 것일까? 우리가 '산'과 '들'이라는 이름(개념)을 붙이기 전부터 그것들은 서로 다른 것이었을까? 산의 본질과 들의 본질이 서로 다른 것일까?

　　비행기를 타고 아래를 내려다보면 산과 들이 함께 붙어 있는 것을 볼 수 있다. 처음에 산과 들이 함께 만들어졌고 사람들도 처음에는 이를 구분하지 않았을 것이다. 그러다가 누군가가 붙어 있는 하나의 땅덩어리를 인위적으로 위로 툭 튀어 나온 부분과 평평한 부분을 나누어 앞의 것을 '산'이라 부르고 뒤의 것을 '들'이라 부르자고 제안하고 다른 사람이 이에 동의한다. 그다음 다른 모든 사람들에게 그렇게 부르라고 강제했으며, 이후 사람들은 산과 들을 구별하면서 대화를 해보니 편리하기도 해서 지금까지 그러한 관행대로 따라왔을 것이다.

우리의 몸도 마찬가지다. 우리의 몸은 한 덩어리다. 그런데 우리는 한 덩어리인 우리 몸을 머리, 몸통, 팔, 다리, 배, 등, 눈, 코, 입, 귀, 손, 오른팔, 왼팔, 손가락, 엄지, 검지, 중지, 약지, 손톱, 눈썹, 속눈썹, 머리카락 등으로 나누어 서로 다른 이름으로 부르고 있다.

정말 산과 들이 서로 다른 것이고, 오른팔과 왼팔이 서로 다른 것일까? 산과 들, 오른팔과 왼팔이라는 이름을 붙이지 않았다면 그때도 우리는 산과 들, 오른팔과 왼팔을 서로 다른 것으로 이해했을까? 혹시 산과 들을 다르게 부르기로 하고, 오른팔과 왼팔을 다르게 부르기로 하는 무심코 시작된 이 약속을 오랫동안 지켜오다보니 이제는 산과 들, 오른팔과 왼팔이 본래부터 다른 것이었고, 그 본질이 서로 다른 것이라고 믿게 된 것은 아닐까? 산과 들, 오른팔과 왼팔의 구별을 넘어 이름과 개념으로 나뉜 모든 구별도 마찬가지가 아닐까? 편리함을 위해 개념을 만들어 내고 시간이 흐르면서 개념은 점점 더 세분화되고, 그러다가 우리가 그렇게 붙여놓은 이름(개념)마다 각자의 고유한 본질 내지 본성이 있을 거라고 이해(오해)하고 확신하게 된 것이 아닐까 생각한다.

따라서 우리는 이름과 개념을 중시할 것이 아니라 실상과 경험이 중요하다는 것을 분명히 알 필요가 있다. 우리가 등산을 할 때에도 개념적이고 추상적이고 가상적인 산(백두산, 한라산, 지리산, 설악산)을 오르고 있다는 생각이 중요한 것이 아니라 땅을 딛고 있는 발의 느낌, 눈에 들어오는 풍경, 피부로 느끼는 바람의 촉감, 코로 느껴지는 냄새, 귀로 느껴지는 소리가 중요하다. 그 산 이름이 무엇이면 어떻고, 내가 그 산의 이름을 모르면 어떻고, 설혹 그 산이 이름 없는 산이면 어떤가!

만약 등산 중에 누군가로부터 전화가 와서 그가 나에게 '어디서 뭐하고 있느냐?'고 물으면 그에게 내가 뭐하고 있는지 알려주기 위해 산의 이름(설봉산, 북한산, 관악산 등)도 필요하고 다른 개념도 필요한 것이다. 그러나 내가 등산을 할 때 나에게 중요한 것은 땅을 딛고 있는 발의 느낌, 눈에 들어오는 풍경, 피부로 느끼는 바람의 촉감, 코로 느껴지는 냄새, 귀로 느껴지는 소리인데 이러한 경험을 전화를 걸어온 그에게 어떻게 말로 표현할 수 있겠는가? 그럼에도 우리는 경험을 설명하려고 하면서 상대로부터 이해받고 싶어 한다. 또한 대화를 통해 상대방으로부터 인정받고 싶어서 경험을 하면서도 나중에 다른 사람에게 이야기하고 자랑하고 싶어서 경험을 하면서 개념화하는 작업을 우리는 습관적으로 하고 있는 것이다.

언어로 경험을 표현하는 것이 불가능함에도 불구하고 우리는 그것이 가능하다고 오해하여 소통과 공감을 더욱 어렵게 만들고 있다. 또한 우리는 개념이 실제로 존재한다고 믿기에 본래 하나였던 것들을 본래부터 서로 다른 것이라고 오해하여 세상을 있는 그대로 바라보지 못하고 있다. 언어와 개념이 경험하고 있는 실상을 그대로 표현할 수 없다는 진실을 분명히 이해하면서 대화에 임하는 것이 지혜로운 태도다.

絶言絶慮 無處不通 절언절려 무처불통 (출처 : 신심명)
말과 생각이 끊어지면 통하지 못할 곳이 없다!

소통과 공감

대화의 목적

요즘 여기저기서 소통과 공감이 중요하다는 얘기를 많이 듣는다. 그만큼 소통과 공감이 안 되고 있다는 것이다. 우리는 타인과 수많은 대화를 하면서 살아가는데, 우리 대부분은 언어로 경험을 설명할 수 있다고 믿고서 상대를 설득시키기 위해 대화를 한다. 그러나 언어라는 수단을 통해 경험을 설명하는 것이 불가능하므로 대화를 통해 상대방을 설득시키는 것 역시 불가능하다. 그럼에도 우리들은 경험을 설명할 수 있다고 오해하고 있다. 경험을 언어로 표현할 수 있다는 오해는 우리로 하여금 경험을 설명하기 위해 많은 말을 하게 만든다. 듣는 상대방 역시 귀 기울여 들으면 그 경험을 이해할 수 있으리라 생각하고 말을 집중해서 듣기는 하지만 해석은 자신의 경험을 토대로 나름대로 하게 된다. 결국 말하는 사람은 상대방이 자신의 말을 못 알아듣는다고 답답해하거나 서운해하거나 심하면 분노를 느끼게 된다. 듣는 사람 역시 말하는 사람이 말을 부정확하고 애매하게 한다고 하면서 서로 말다툼을 하게 된다. 상대를 설득시키려고 대화를 하다 보니 대화는 대부분 논쟁으로 끝날 수밖에 없다.

그러므로 대화를 할 때는 말의 내용보다 말하는 의도가 중요하다. 말하는 사람은 말의 구체적 내용보다 말하고자 하는 의도가 무엇인지를 스스로 잘 살피면서 말을 해야 하며 나쁜 의도가 개입되면 말을 멈출 줄 알아야 하고 좋은 의도로 말을 하도록 해야 한다. 듣는 사람 역시 말의 내용에 집착해서 그 구체적 내용을 따지기보다는 말하는 사람이 왜 그런 말을 하는지를 파악하고 이해하려고 노력하는 것이 지혜롭다. 더 중요한 것은 자신이 상대의 말을 수용적으로 듣고 있는지 저항적으로 듣고 있는지를 아는 것이다. 만약 상대의 말을 저항적으로 듣는다면 상대가 말하고자 하는 의도는 전혀 전달되지 않을 것이다.

설혹 듣는 사람이 상대가 하는 말의 내용을 정확히 이해하지는 못했어도 그 말을 하는 목적이나 의도를 충분히 이해한다면 말하는 사람도 충분히 이해받았다고 느끼게 되어 대화의 목적은 충분히 달성된다.

따라서 우리는 내용을 설득시키기 위해 대화를 할 것이 아니

라 심정을 이해받고 이해하기 위해 대화를 해야 할 것이다. 그래
야 소통도 되고 공감도 잘 될 것이다.

사람을 만족 수단으로
여기는 태도

　우리는 사람을 만족 수단으로 대해서는 안 된다고 말한다. 그러나 우리의 현실을 보면 상대방을 자신의 만족 수단으로 대하는 경우가 너무나 일상적임을 부인할 수 없다. 대화를 하면서 자신의 생각과 의견을 인정받고 싶어 하고, 그래서 내 생각과 의견을 상대방에게 전달하기 위해 많은 말을 하며, 그럼에도 불구하고 설득이 안 되면 서운해하거나 화를 내기도 한다. 겉으로는 의연한 척하지만 속으로 상대를 비웃고 있는 경우가 많은 것이 현실이다. 이처럼 자기 생각과 의견에 동의하는 것을 좋아하고, 자기 생각과 의견에 반대하는 것을 싫어하는 삶의 태도는 사람들을 자신의 만족 수단으로 여기면서 살아가고 있다는 것을 의미한다. 사람을 자신의 만족 수단으로 여기는 태도는 타인과의 대화에서 소통과 공감을 방해하고 대부분 언쟁을 하게 만든다. 그러한 태도가 심하게 되면 입만 열면 불평불만 하는 사람이 되고 만다. 입만 열면 불평불만 하는 사람 곁에는 사람이 없게 마련이다.

또한, 사람을 자신의 만족 수단으로 여기는 사람은 상대를 자기 생각 속에 가두려고 하기 때문에 그러한 사람이 단체의 장長이라도 된다면 폭군이 될 수밖에 없다. 결국, 외로운 사람이 될 수밖에 없다.

따라서 상대를 설득시키기 위해 대화를 하는 우리는 의견이 상충할 때마다 마음이 불편해진다는 것을 알아야 한다. 그리고 상대방을 자신의 생각 속에 가두려고 하기 때문에 내 마음이 불편해진 것임을 이해해야만 한다. 그래야 서로 다른 의견들이 개진되는 속에서도 여유를 가지고 대화를 할 수가 있고, 필요한 경우에 말을 멈출 수도 있어서 관계도 원만하게 유지할 수가 있을 것이다.

사람을 만족 수단으로 여기는 사람은 상대로부터 긍정적인 대답을 듣기 위해 말을 많이 하게 된다. 그러나 상대를 만족 수단으로 여기지 않는 사람은 말을 적게 할 수 있고, 상대방의 말을 편하게 들어줄 수 있다.

상처받는다는 것

우리는 살아가면서 수많은 대화를 하게 되고, 대화를 하다가 상처도 많이 받는다.

한 번은 이런 일이 있었다. 나는 일주일 중에 주말만 제외하고 매일 아침 아내와 함께 차를 타고 출근한다. 물론 운전은 거의 내가 한다. 하루는 내가 아내에게 꼭 하고 싶은 말이 있어 많은 말을 했고 가끔씩 아내의 표정을 살펴보니 내 얘기를 충분히 이해하는 듯해서 기분이 좋았다. 그런데 아내가 차에서 내려야 할 시간이 다가왔고 아내는 차에서 내리면서 나에게 "운전할 때 휴대폰 좀 하지 마세요."라고 했다. 그 순간 나는 몹시 화가 났다. 아마도 아내가 차에서 내리지 않고 함께 있었으면 나는 아내에게 화를 냈을 것이다.

그래서 나는 사무실에 도착해서 그 상황을 곰곰이 생각해봤다. 아내는 평소 운전하면서 습관적으로 휴대폰을 들여다보는 내가 걱정이 돼서 그 말을 했을 것이다. 나는 아내로부터 동의 내지 이해를 받고 싶어서 많은 말을 했고, 아내가 나를 이해하는 듯해서 기분이 좋았었다. 그런데 아내가 차에서 내리면서 "운전할 때 휴대폰 좀 하지 마세요."라고 한 말을 듣고서 나는 '아니! 내 말을 전혀 들으려고도 하지 않았구나! 나를 전혀 이해하려 하지 않는구나!'라고 판단했기 때문에 화가 났었다.

나는 이 경험을 통해 우리는 상대방의 말을 듣고 상처를 받게 되면 상대방이 상처를 주었다고 생각하지만, 사실은 우리 스스로 상대방이 나쁜 의도로 그런 말을 했을 것이라고 믿기 때문에 상처가 된다는 것을 배우게 되었다.

나아가 상대방이 나쁜 의도로 그런 말을 했다고 믿었더라도 항상 상처가 되는 것은 아님을 배웠다. 상대방이 나쁜 의도로 그런 말을 했다고 믿었더라도 우리 자신이 그 말 내용에 동의하지 않으면 마음이 아프지 않을 것이다. 반대로 우리 스스로 상대의 말이 옳다고 인정하니까 자존심이 상해 상처가 된다는 것을 알게 되었다.

◗ ◗ ◗ ◗

이해는
조건 없는 공감이다

 나는 자식이 셋이다. 큰딸은 중3, 작은딸은 중1, 막내아들은
초등학교 3학년 열 살이다. 어제는 열 살 먹은 막둥이 재식이가
초등학교 3학년 올라가서 개학 후 처음으로 학교에 가는 날이었
다. 재식이는 설레는 마음 때문인지 아침 일찍 일어나서 씩씩하게
학교에 갔고, 친구들과 잘 놀고 집에 돌아왔다. 그런데 다음 날 아
침에 아침 식사를 하려고 식탁에 앉았는데 옆에 있는 재식이 얼굴
이 많이 어두워 보였다. 나는 아들한테 "재식아, 피곤하니? 어제
친구들 많이 만났니?"하고 물어봤다.

 그랬더니 재식이는 "아빠! 짜증 나게 하지 좀 마!"라고 하는 것
이 아닌가! 내가 다시 "아빠는 재식이 사랑하고 걱정해서 물어보는

건데 재식이가 왜 짜증 나지?"라고 하니까 재식이도 다시 "아빠가 지금 짜증 나게 하고 있잖아!"라고 했다. 그때 나는 재식이가 정말 힘들어 하는 것을 이해해주지 않고 오히려 가르치려고 하는 내 마음을 알 수 있었다. 그래서 나는 재식이한테 "그래, 아빠가 재식이를 자꾸만 짜증 나게 했구나. 미안해. 아빠가 안 그럴게." 하면서 부드럽게 안아주었다. 그랬더니 재식이 얼굴이 점차 부드러워졌고, 식사도 잘하고 웃으면서 무사히 등교를 했다. 나는 아들을 통해 배웠다. 상대가 마음이 아파 짜증 내고 화낼 때에는 왜 그러냐고 물을 것이 아니라 무조건 상대의 아픈 마음을 공감하고 안아줘야 한다는 것을 배웠다. 공감에는 조건을 다는 게 아니었다.

우리는 대화를 하면서 상대로부터 이해받고 싶어 이런저런 말을 많이 하고 상대방으로부터 "그래! 너의 말을 충분히 이해한다."는 말을 들어도 뭔가 찜찜한 게 속이 시원하지 않은 적이 많다.

상대방으로부터 이해받고 싶어서 말을 하고 상대방도 충분히 이해한다고 하는데 왜 마음이 찜찜한 것일까?

옛말에 百聞不如一見^{백문불여일견}이라는 말이 있다. 백 번 들어도 한 번 본 것만 못하다는 말이고, 어떤 일이나 무엇에 관해 남의 말을 듣고 짐작하여 알기보다는 직접 보아서 아는 것이 더 확실하다는 뜻이다. 이는 언어 내지는 개념이 가지는 한계 때문에 아무리 자세한 말을 들어도 말하는 사람의 경험을 이해할 수가 없다는 것을 지적한 격언이다.

그러니 상대의 설명을 들었다 하여 내가 경험하지 못한 것을 이해할 수는 없는 것이고, 말을 해서 상대방이 충분히 이해한다고 해도 말하는 사람의 입장에서는 경험을 공유하지 못함을 알기 때문에 마음이 허전하고 찜찜할 수밖에 없는 것이다.

그리고 우리 모두가 그러하듯이 보고 들을 때 상황과 기분에 따라 이렇게도 느끼고 저렇게도 느낀다. 우리가 보고 들은 것을 어떻게 느끼느냐 하는 것은 옳고 그른 판단의 문제가 아니다. 물론 상대방이 그렇게 느꼈다 하여 내가 그렇게 느껴야 하는 것이 아니므로 내가 반대할 이유는 없다. 따라서 상대가 어떤 것을 보고 그렇게 느꼈다면 "아! 그렇게 느꼈구나!" 하고 그저 있는 그대로 받아들여 줄 수 있는 것이고 그래야 한다. 나아가 상대방이 왜 그렇게 느낄 수밖에 없었는지까지 이해할 수 있다면 그의 아픔까지도 이해하는 것이 될 것이다.

그렇다면 수없이 나누는 일상의 대화에서 우리는 무엇을 이해해야 하는가? 그것은 상대방의 경험을 설명하고자 하는 말의 내용이 아니라 경험을 통해 느낀 상대방의 심정 또는 말하고 있는 당시 상대방의 심정이다. 즉, 대화를 통해 듣는 것은 말의 내용이지만 우리가 이해해야 하는 것은 말하는 사람의 경험 당시 또는 지금의 기분이나 심정이다. 대화하면서 중요한 것은 상대방의 심정을 이해해주는 것이다. 이것이 진정한 이해이고 진정한 공감이다. 말의 내용에 대한 이해는 판단이기 때문에 분쟁의 소지가 많지만, 심정에 대한 이해는 판단을 요구하지 않고 그냥 받아들이는 것이다. 우리가 대화를 할 때 귀로는 말의 내용을 듣지만, 마음으로는 말하는 사람의 기분이나 심정을 이해하려고 노력해야 한다. 그러면 소통과 공감이 출렁이는 대화의 장이 될 것이다.

선입견과 마음 열기

우리는 좋아하는 사람 만날 때와 싫어하는 사람 만날 때의 마음가짐이 다르다. 좋아하는 사람이 잘못된 행동을 하면 이해해주려고 노력하지만, 싫어하는 사람은 아무리 옳은 소리를 해도 흠잡을 데 없나 하고 찾게 되고 흠이 없어도 듣지 않으려고 한다. 청춘남녀가 연애할 때는 서로 아주 멋지고 아름답게 보인다. 그러다가세월이 흘러 싫증이 나서 헤어질 때가 되면 내가 왜 이 사람을 좋아했나 싶을 정도로 상대가 못나고 밉상으로 보이게 마련이다. 이것도 마음가짐 때문이다.우리가 산과 바다를 보면 가슴과 마음이시원해지는 것 역시 산과 바다를 대하는 우리의 마음이 활짝 열려있기 때문일지도 모른다.

혹시 평소에 미워하는 누군가를 지금 만나야 한다면 그를 만나러 가는 우리 자신의 속마음을 잘 살펴보면 어떨까? 아마도 상대방에 대한 좋지 않은 선입견을 금방 발견할 수 있을 것이다. 좋지 않은 선입견을 가지고 사람을 만난다면 처음부터 그의 얼굴이 미워 보일 것이다. 그리고 이미 반박할 준비를 하면서 그의 말을 듣고 있는 우리 자신의 속마음을 발견할 수 있을 것이다. 좋지 않은 선입견을 가지고 사람을 만나면 그의 말이 부정적으로 들릴 수밖에 없다. 반대로 긍정적인 마음으로 사람을 만나면 그는 한없이 예뻐 보일 것이고 모든 말이 긍정적으로 들릴 것이다.

만약 보기 싫은 누군가를 부득이 만나야 한다면, 우선 그를 미워하고 있는 우리 자신의 마음을 알아차려야 한다. 그리고 그러한 부정적인 선입견을 확 던져버리고 그를 처음 만나러 가는 것처럼 마음을 활짝 열어야 한다. 마음을 활짝 열고서 그를 만날 수만 있다면 내가 미워하는 그가 새롭게 보일지도 모른다. 그리고 사실 그 모습이 그 사람의 진정한 모습일 가능성이 크다.

정체성보다
관계가 중요하다

우리는 살아가면서 수많은 사람을 만나게 되는데, 그 사람들 중 "나는 말이야! 이런 사람이야!" 내지는 "나는 한 번 마음먹은 건 꼭 해내는 사람이야!"라고 강조하는 사람이 많다.

우리는 사람을 만날 때 상대방이 어떤 사람인지보다는 우리가 사귀는 데 있어 그의 역할을 중요하게 생각한다. 물론 누군가를 만났을 때 그가 멋진 직업을 가진 사람이라면 호감을 느끼기도 하지만 그러한 관심은 계산된 관심인 경우가 대부분이다.

우리들이 느끼는 행복과 불행은 대부분 사람과의 관계에서 발생한다. 여러 사람이 함께 마음이 통하여 한마음이 되면 행복감을 느끼지만, 여러 사람이 서로 마음이 달라 너와 내가 따로따로 존재한다면 너나 나나 함께 있는 것이 고통이고 괴로움이다.

그래서 우리가 누군가를 만났을 때 그가 자신이 어떤 사람인지 강하게 어필하거나 자신의 생각을 강하게 주장하게 되면 마음이 하나가 되지 못해서 함께 있는 것이 불쾌해진다. 반대로 마치 자신의 생각이 없는 것처럼 상대방의 주장을 다 들어주고 공감해주는 사람과 함께 있으면 서로의 마음이 하나가 되어 기분이 좋고 행복해진다.

우리가 혼자서 살아간다면 모르겠지만 누군가와 함께 살아가야 한다면, 내가 누구인지, 내 생각이 어떠한지를 강조하면서 상대방과 나를 구별하는 옹졸한 사람이 되어서는 안 된다. 오히려 상대방의 주장과 생각을 충분히 수용할 수 있을 만큼 이해심과 포용력이 있는 사람이 되어야 한다. 그래야 상대도 행복하고 나도 행복할 수 있다.

강함과 약함의 카리스마

우리는 자기 생각을 남에게 강요하는 사람은 편협한 사람이라고 여기고, 타인의 생각을 존중하고 따라주는 사람은 마음이 넓고 덕이 많은 사람이라고 생각한다. 다른 한편, 자기 주관이 뚜렷하여 그것을 힘차게 밀고나가는 사람을 카리스마가 있는 강한 사람, 멋진 사람으로 여기고, 반대로 이 사람 저 사람의 요구를 모두 들어주는 사람은 우유부단한 사람, 약한 사람으로 생각한다. 왜 우리는 이러한 모순된 생각을 하는 것일까?

서머셋 모음은 《달과 6펜스》라는 책을 통해 "초지일관은 가장 나약한 자의 소신이다!"라고 지적했다. 자기 주관이 뚜렷하여 그것을 힘차게 밀고 나간다는 것은 자기 생각을 타인에게 강요하는 것으로 편협하고 옹졸하고 나약한 삶의 태도다. 반면 모든 사람의 말을 잘 들어주고 그들의 생각을 이해해주는 사람이 강한 사람이다. 살아있는 것은 부드럽고 죽은 것은 딱딱하다. 부드럽지 못하고 너무 강하면 부러지게 마련인 것이 자연의 법칙이다. 들에 자라는 들풀과 큰 나무를 보라. 들풀은 아무리 강한 폭풍도 이겨내지만 큰 나무는 폭풍을 견디지 못하고 부러지고 말지 않는가!

자기 주관이 뚜렷한 이유는 무엇일까? 타인의 생각과 마음을 잘 이해하는 사람이라면 자기 생각을 과감하게 밀어붙일 수가 있을까? 타인의 생각과 마음을 이해하지 못하는 경우에만 자기 주관과 자기 생각을 과감하게 밀어붙일 수가 있는 것이다. 자기 생각은 옳고 타인의 생각은 틀리다고 믿는 사람이 자기 생각을 고집하고 밀어붙이는 것이다.

그럼에도 우리 대부분은 자기 주관이 뚜렷하여 그것을 힘차게 밀어붙이는 사람을 카리스마있는 멋진 사람이라고 인정하는데 그 이유는 무엇일까? 안타깝게도 입으로는 "다른 것이 틀린 것은 아니다. 다른 것을 인정해야 한다."고 말하지만, 사실은 자신의 생각과 다른 타인의 생각을 존중해주는 사람은 드물다. 자신의 생각과 다른 타인의 생각을 이해할 수 없기 때문에 늘 상대방에게 자기 생각을 밀어붙이고 싶은 욕구가 크다. 그러나 자기 생각을 고집하고 자기주장을 강하게 얘기하면 할수록 함께하는 사람들의 반대 주장은 더욱 커지고 그로 인해 분쟁이 끊이질 않는다.

단체의 리더라고 하는 사람이 자기 생각을 강하게 주장하면서 다른 사람들의 반대 의견을 힘으로 누르고 있다고 하자. 이때 리더의 생각에 동조하는 사람들은 그를 카리스마 있는 멋진 사람이라고 칭송할 것이다. 그러나 반대 의견을 가진 사람들은 그를 독재자라고 욕할 것이다.

카리스마를 겸비한 자기 고집이든 그렇지 않은 자기 고집이든 그것은 그 사람을 나약하게 만든다. 즉, 자기 고집은 사사건건 타인의 말이 귀에 거슬리게 만들고, 그래서 자유롭지 못한 삶을 살게 한다. 자기 고집의 원인은 자기 생각과 다른 타인의 생각을 이해하고 안아줄 수 있는 능력이 부족하기 때문이다. 자기 고집의 병을 고치려면 우선 자신의 내면의 현주소를 분명히 직시할 수 있어야 하고, 자기 생각을 고집하려고 하는 내면의 욕구와 그 이유까지도 생각이 아니라 경험을 통해 분명히 알 수 있어야 한다.

우리는 나이를 먹어감에 따라 남의 생각과 처지를 이해하는 힘은 줄어들고, 그에 비례하여 자기 고집의 병은 깊어간다. 정신을 똑바로 차리지 않으면 점점 더 자기 고집의 병은 악화될 것이 분명하다.

자기 고집의 병은 마음이 딱딱해지는 병이다. 마음이 경직되어 자기 고집이 늘어갈수록 마음에 걸리는 것이 많아지고 화와 짜증이 늘어 자신도 괴롭고 남도 힘들게 한다. 그래서 고집 센 사람에게는 사람이 없게 마련이다. 마음이 물과 같이 담기는 그릇에 맞춰 자신의 모습을 그릇처럼 만들 수 있는 사람이 가장 강하고 자유로운 사람이다. 카리스마가 아니라 부드러움이 자신과 타인을 행복하게 한다!

설득의 정체

　얼마 전까지 나는 지적은 나쁜 것이고 설득은 좋은 것이라고 이해하며 살아왔다. 지적은 나쁜 마음으로 공격하는 것이고 설득은 좋은 마음으로 함께하고자 하는 것이라고 생각했다. 그러나 이제는 설득하고자 하는 마음과 지적하는 마음의 뿌리는 같은 것임을 알았다. 내 마음에 안 드는 상대를 거칠게 공격하는 것이 지적이고, 부드럽게 강요하는 것이 설득이란 것을 알았다. 상대를 만나 우리가 할 수 있는 최선의 모습은 엄마가 갓난아이에게 하는 것처럼 있는 그대로의 그를 받아들이고 사랑하는 것이라고 생각한다. 엄마는 갓난아이의 울음소리를 들으면 달려가서 배고파서 우는 것인지, 똥을 싸서 기저귀를 갈아달라는 것인지, 병이 나서 우는 것인지를 살피고 그 불편을 해소시켜 주려고만 할 뿐 엄마 자신의 생각이나 마음을 아이가 알아주기를 바라는 마음은 전혀 없다. 그럼에도 아이와 함께 있는 엄마는 항상 행복하다. 그런데 이제까지 나는 사람을 만나 대화를 나누면서 생각의 차이를 느낄 때마다 내 생각을 강요하기 위해 거칠게 지적하기도 하고 부드럽게 설득하기도 하면서 무진 애를 쓰며 살아왔다. 왜 그렇게 살아왔는지 깊이 고민해보고 나 자신을 살펴보았다. 그랬더니 상대방과 생각이 다를 때마다 불편해하고 불안해하고 아파하는 내 모습을 만났다. 또 그러한 나의 불편, 불안, 아픔이 상대의 잘못된 생각 때문에 생긴 것이라고 믿고서 상대방 생각의 허점을 찾고자 애쓰고 있는 내 모습도 만났다. 상대방 생각의 허점을 찾으면 그의 생각이 얼마나 잘못되었는지를 공격하였는데 단지, 거칠거나 부드러운 차이만 있었을 뿐이다. 상대방 생각의 허점을 찾지 못해 지적할 수 없을 때에도 나의 불편, 불안, 아픔은 여전했고 상대의 다른 개인적 허점을 찾아내어 공격하고 싶어 애쓰는 내 모습도 보았다. 그러한 내 모습을 알고부터는 상대에 대한 지적과 설득이 줄어들고 있다. 생각이 다를 때마다 내 마음이 얼마나 불편하고 아파하는지를 차분하게 지켜보고 다정하게 안아줄 수 있는 힘이 하루하루 자라나고 있음을 느끼면서 정말 다행스럽고 감사하게 생각하고 있다.

설득하고자 하는 마음은 지적하고자 하는 마음과 마찬가지로 상대의 생각에 저항하는 것이다. 설득의 정체가 지적과 마찬가지로 저항이기 때문에 그것은 괴로움을 피할 수 없다. 상대의 생각을 있는 그대로 받아들여야 한다. 그럴 수 있으려면 자신의 생각이 가로막힐 때마다 느껴지는 자신의 불편과 아픔을 무시하거나 피하지 말고 직면할 수 있는 힘을 길러야 한다. 자신의 고통과 아픔을 지켜볼 수 있는 힘을 기르지 않는다면, 나이를 먹어감에 따라 더 많은 경험과 지식이 쌓일수록 오히려 상대를 지적하고 설득하고 싶은 욕구는 더 커질 것이고 상대에 대한 이해와 사랑은 점점 더 줄어들 수밖에 없다.

不用求眞 唯須息見 불용구진 유수식견 (출처 : 신심명)

진리를 찾으려고 애쓰지 마라! 오직 당신의 견해만 쉬게 하라!

◆◆◆◆◆◆◆◆◆◆

소통에는
공감이 중요하다

　우리는 언어라는 수단을 통해 자신의 경험을 타인에게 얘기하고, 상대방도 언어로 표현된 내용을 열심히 듣는다. 그러나 일상적으로 나누는 대화에서 진정한 소통이 얼마나 어려운지 우리는 너무나 자주 경험한다.　소통이라는 것이 왜 이렇게 어려운 것일까? 우리는 설명을 잘하면 자신의 경험을 타인에게 충분히 전달할 수 있다고 믿고 있으며, 듣는 사람도 내용을 잘 들으면 상대의 경험을 충분히 이해할 수 있다고 믿고 있다. 그러나 아무리 설명을 잘하고 아무리 집중해서 잘 들어도 언어를 통해 경험이 상대에게 그대로 전달되는 것은 불가능하다. 그래서 코끼리를 한 번도 보지 못한 사람에게 말로 코끼리를 설명할 수는 없는 것이다. 우리의 노력에도 불구하고 소통이 어려운 이유는 개념으로 만들어진 언어가 가지는 한계 때문이라는 것은 이미 살펴보았다. 개념은 존재하지 않는 허상이다. 개념은 추상적이어서 여러 가지로 해석될 수 있는 애매한 것이다. 이러한 개념을 가지고 우리의 경험을 설명할 때, 말하는 사람은 그 설명이 부족함을 느끼게 되고, 듣는 사람은 자기 나름대로 해석하고 판단할 수밖에 없다. 그래서 함께 경험하고 있는 사람들 사이에서는 말이 필요 없고, 함께 경험하고 있지 않은 사람들 사이에서는 말로 경험을 설명할 수가 없는 것이다. 우리가 말을 통해 상대에게 경험 그 자체를 전달할 수 없다면 무엇을 전달하고 무엇을 들으려고 해야 하는 것인가? 일상적인 대화에서 비록 경험을 얘기하더라도 대부분 그가 보고 들은 경험 자체가 아니라 경험했더니 마음과 심정이 어떠하더라 하는 그런 마음과 심정을 알아달라는 것이 아닐까 생각한다. 말을 들을 때 말의 내용에 집중하면 자꾸 생각하고 판단하게 되어 말하는 사람의 심정을 알기가 어렵다. 따라서 말을 들을 때는 그 내용보다는 그 경험을 통해 그의 심정이 어떠했다는 것인지, 나아가 지금 그 말을 통해 무엇을 이해받고 싶은 것인지에 주목하면서 들어야 한다. 그러면 말하는 사람의 이해받고 싶어 하는 심정이 서운함인지, 분노인지, 짜증인지, 억울함인지를 이해할 수가 있을 것이다. 개념으로 이루어진 언어를 통해 경험을 정확히 설명할 수가 없으니 우리가 대화를 통해 진정으로 바라는 것은 바로 지금 말하는 사람의 심정에 대한 이해가 아닐까 생각한다. 따라서 말하는 사람은 자신의 마음과 심정을 전달하도록 노력하고, 듣는 사람은 말하는 사람의 마음과 심정을 이해하려고 노력하는 것이 지혜로운 태도라고 하겠다.

결국 진정한 소통이란 공감과 같은 말이라는 생각이 든다. 소통에는 공감이 중요하다.

나를 알기 위한
기도

말을 많이 하기보다는
내가 무슨 말을 하고 싶어 하는지를
왜 그 말을 하고 싶어 하는지를
알 수 있는 하루가 되도록 도와주세요.

부득이 말을 하게 될 때에도
그 말을 하고자 하는 의도가 선한지 악한지를 살피면서
말할 수 있는 지혜와 용기를 주세요.

남의 말을 들을 때에도

듣고 있는 내 마음 태도가 혹시 불량스럽지는 않은지를 관찰하면서
정성껏 경청할 수 있도록 도와주세요.

사
랑

,

사랑에 대한
세 가지 지혜

　우리가 살아가는 이유는 무엇일까? 우리는 무엇을 위해 살아가는 것일까? 대체로 "각자 추구하는 행복의 내용이 다르기는 하지만 우리가 살아가는 목적은 행복이다."는 말에 동의한다. 이처럼 우리의 삶의 목적이 행복이라고 한다면, 우리가 살아가는 데 있어서 가장 중요한 것은 사랑이라고 생각한다. 사랑하는 마음이 곧 행복이고 미워하는 마음이 괴로움이고 불행이기 때문이다. 행복한 인생을 위해서는 사랑이 꼭 필요하고, 사랑만 있으면 얼마든지 행복할 수 있다. 즉, 사랑은 행복한 삶에 있어 필요충분조건이다.

　그럼에도 불구하고 대체로 우리들의 삶이 괴롭고 불행한 것을 보게 된다. 우리들은 사랑하는 마음이 너무나 부족하다. 사랑하기 싫어서 사랑하지 않는 것이 아니므로 정확히 말하면 사랑에 대한 지혜가 부족해서 사랑의 힘이 약하고 그래서 삶이 그만큼 괴로운 것이라고 생각한다. 따라서 사랑의 힘을 키우는 지혜를 배워야 한다. 그 힘을 끝까지 키운다면 예수님의 말씀처럼 원수도 사랑할 수 있을 것이다. 우리는 사랑해도 행복하고 사랑받아도 행복하다. 그러나 사랑받아서 행복해지려는 삶의 태도보다는 사랑해서 행복하고자 하는 삶의 태도가 훨씬 지혜롭다. 사랑받아서 얻어진 행복은 타인의 처분에 맡겨진 불안하고 의존적인 행복이어서 우리의 삶을 불안하게 만든다. 즉, 사랑받아서 행복하고자 하는 삶의 태도는 항상 타인의 인정과 사랑을 찾아 헤매게 만든다. 운 좋게 누군가로부터 사랑을 받게 되어도 하루하루 그 사랑을 확인하지 않으면 안 될 만큼 의존적이고 불안하게 만든다. 따라서 타인의 인정이나 사랑과 관계없이 행복할 수 있어야 한다. 그 지혜를 배워야 한다.

반대로 자신이 누군가를 사랑해서 행복하고자 한다면 자기 인생의 행복과 불행을 스스로 결정할 수 있어 자주적인 삶을 살아갈 수 있다. 다만, 우리가 어디까지 사랑할 수 있느냐가 문제이다. 예수님은 원수까지도 사랑하라고 가르치셨다. 원수까지도 사랑할 수 있다면 누구도 미워하지 않을 수 있다는 것인데 그럴 수 있다면 그는 누구를 만나든 행복할 것이다. 이와 관련해서는 조건 없는 사랑과 대상 없는 사랑의 지혜를 배워야 한다.

타인을 사랑하는 것보다는 자신을 사랑하는 것이 더 중요하다. 자기를 사랑하지 못하는 사람은 결코 타인을 사랑할 수 없으며, 자신을 사랑하는 만큼만 타인을 사랑할 수 있기 때문이다. 우리는 자신에 대해서는 잘 알 수 있어도 타인에 대해서는 아주 조금밖에 알지 못한다. 제대로 알지 못하는 타인을 사랑한다는 것은 쉽게 포기되는 일시적인 사랑일 수밖에 없다. 자신에 대한 사랑과 관련해서는 있는 그대로의 자신을 사랑할 수 있는 지혜가 중요하다. 있는 그대로의 자신을 사랑할 수 있다면 타인도 있는 그대로 사랑할 수 있다. 있는 그대로의 자신을 온전히 사랑하지 못하기 때문에 타인을 있는 그대로 사랑할 수가 없는 것이다.

우리가 사랑하는 방법

우리들은 누군가를 사랑하기도 하고 누군가를 미워하기도 한다. 또한 누군가를 뜨겁게 사랑하다가도 어떤 계기로 인해 실망해서 사랑을 거둬들이고 그 자리를 미움으로 채우기도 한다. 사랑이라는 것이 도대체 무엇이기에 사랑에 울고 웃는 것일까? 우리가 어떠한 방식으로 사랑을 하기에 이처럼 불안한 사랑을 하는 것일까?

어디선가 "사랑이란 자신이 필요한 것을 충족시켜 주거나 그럴 수 있을 것이라고 여겨지는 대상(사람)에게 느끼는 감정이다." 라고 정의한 기억이 난다. 우리들 대부분은 자신의 필요나 기대를 충족시켜 주는 사람에게 느끼는 감정을 사랑이라고 이해하고 있다. 그러다 보니 자신의 기대나 필요를 충족시켜 주는 대상을 너무나 사랑하다가도 그 조건이 깨지면 사랑이 미움으로 쉽게 바뀌게 되는 것이다. 그래서 '사랑은 눈물의 씨앗'이라고 하는 유행가 가사가 가슴에 팍 와 닿는 것이 아닐까? 그러나 사랑을 위와 같이 이해하는 태도는 사람을 자신의 만족 수단으로 여기는 것이며, 우리로 하여금 타인에게 의존적인 삶을 살아가게 만든다. 사람을 만날 때마다 만족과 불만족 사이를 왔다 갔다 하면서 내 인생의 행복과 불행이 타인에게 의존하여 결정되도록 하는 것이다. 그래서 우리가 타인에게 의존적인 삶을 살지 않기 위해서는 이러한 사랑의 감정보다는 오히려 타인을 누구라도 미워하지 않을 수 있는 지혜가 더욱 중요하다. 우리는 자신의 기대나 생각이 충족되거나 충족될 가능성이 있으면 상대를 사랑하고, 우리의 기대나 생각이 방해받을 때마다 아픔과 불편을 느낀다. 또한, 그 아픔과 불편이 상대의 말과 행동 때문에 발생했다고 믿으면서 그 아픔과 불편을 풀기 위해 상대를 미워하면서 공격하게 된다. 그러나 그렇게 해도 그 아픔과 불편은 여전히 해소되지 않기 때문에 우리는 그 아픔과 불편을 위로받기 위해 또 다른 사람에게 의지하게 되며, 그 사람이 위로해주지 않으면 서운해하고 외로워한다.

따라서 타인을 미워하지 않을 수 있으려면, 우선 우리의 기대나 생각이 충족되기가 어렵다는 사실을 알아야 한다. 타인을 만나 자신의 기대나 생각이 방해받을 때마다 느껴지는 아픔과 불편함을 피하거나 저항하지 말고 그러한 아픔과 불편을 그대로 지켜볼 수 있는 힘을 길러야 한다. 그리고 자신의 기대나 생각이 방해받을 때마다 아파하고 불편해하는 자신을 스스로 충분히 이해하고 위로해주어야 한다. 그렇게 하여 자신의 아픔과 불편이 누그러지고 해소되어야 상대를 미워하며 공격하지 않을 수 있다. 이처럼 자신의 기대나 생각이 방해받을 때마다 느껴지는 아픔과 불편을 그대로 지켜보면서 스스로 충분히 이해하고 위로해줄 수 있는 힘을 키운다면 자신을 사랑하는 힘도 커지고, 자신에 대한 사랑이 깊어지는 만큼 타인도 사랑할 수 있을 것이다.

但莫憎愛 洞然明白 단막증애 통연명백 (출처 : 신심명)
미워하고 사랑하지 않는다면 진리가 명백하게 드러날 것이다!

외로움에 대한 처방전

　우리는 흔히 타인으로부터 사랑받지 못해서 외롭다고 생각한다. 그러나 타인으로부터 사랑받지 못해서 외로운 것이 아니라 자기 스스로 자신을 사랑하지 않아서 외로운 것이다. 자기 사랑이 부족해서 생긴 외로움을 타인의 사랑을 통해 달래보려고 하는 것이다. 그러나 스스로 자신을 사랑하지 못하면 타인이 사랑한다 말해도 그 말을 믿을 수가 없다. 결국 자기 사랑이 부족해서 생긴 외로움은 타인의 사랑으로 채워지지 않는다.

　타인을 사랑하지 않는다는 것은 자신을 사랑하지 않는다는 것을 의미한다. 왜냐하면 외로움이란 자신을 사랑하지 못해서 생기는 병이기 때문이다. 자신을 사랑하지 않는 사람은 결코 타인을 사랑할 수 없고, 자신을 사랑하는 만큼만 타인을 사랑할 수 있다. 따라서 사랑할 사람이 없기 때문에 외로운 것이라고 말해도 틀리지 않을 것이다. 그렇기 때문에 타인으로부터 사랑을 받아 외롭지 않으려 애쓰지만 외로움은 그렇게 극복될 수 없다. 타인으로부터 사랑을 받을 때 외로움이 사라진 듯하지만 그것은 일시적일 뿐이어서 지속적으로 그의 사랑을 확인하려고 하게 된다. 타인의 사랑을 지속적으로 확인해야만 한다는 것은 못 견디게 외롭다는 것을 의미한다.

한편 우리는 매일매일 반성하고 자책하며 살아간다. 늘 자신에게 채찍질하며 살아간다. 그러한 모습이 사회의 귀감이 되기도 한다. 이러한 삶의 태도는 자신을 있는 그대로 사랑해서는 안 된다고 생각하는 것이다. 하루하루 반성하면서 생활해야 올바른 인격이 형성되어 멋진 사람이 될 수 있다고 믿는 것이다. 누가 봐도 분명히 잘못된 행동을 했다면 반성하고 고치는 것이 마땅하고, 분명하게 잘못을 한 자신을 있는 그대로 사랑한다는 것은 말이 안 된다고 하는 것이 일반적인 상식일 수 있다.

그러나 매일매일 반성하고 자신에게 채찍질하면서 살아가는 사람은 다른 사람에게도 엄격하고 가혹할 수밖에 없다. 다른 사람에게 엄격하고 가혹한 사람이 타인으로부터 사랑을 받기는 어려울 것이다. 이렇게 사는 것은 스스로도 괴롭고 남도 괴롭히며 관계도 엉망이 되는 삶이다.

외로움을 근본적으로 극복할 수 있으려면 자기를 완벽하게 사랑해야 한다. 완벽한 자기 사랑이란 자신을 있는 그대로 사랑하는 것이다. 자신을 있는 그대로 사랑한다는 것은 잘못된 행동을 했을 때에 반성하고 채찍질하여 고치는 것이 아니라 잘못된 행동을 할 수밖에 없었던 자신의 아픔을 이해하고 위로함으로써 그 아픔이 해소되어 같은 잘못이 반복되지 않도록 하는 것이다.

자기를 있는 그대로 사랑할 수 있는 사람은 다른 사람도 있는 그대로 사랑할 수 있다. 타인을 있는 그대로 사랑한다면 그도 나를 사랑하게 될 것이다. 따라서 자기를 있는 그대로 사랑할 수 있어야 좋은 대인관계를 유지할 수 있다. 그래야 우리는 비로소 외롭지 않은 삶을 살 수 있는 것이다.

고통을 충분히 아파하라!

　우리는 자신을 얼마나 사랑하는가? 우리는 자신에게 얼마
나 가혹한가? 우리는 인생의 성공을 위해 너무나 열심히 살아왔
다. 성공을 위해서 때로는 비굴한 선택도 하고, 때론 목숨을 건 행
동을 하기도 했다. 그러나 그 결과는 성공일 수도 있고 실패일 수
도 있다. 피나는 노력에도 불구하고 실패했을 때 실패의 고통으
로 신음하는 자신을 충분히 위로해 준 적이 있는가? 아니면 실패
의 고통으로 신음하는 자신을 위로하지 않고 외면하면서 남을 원
망하거나 스스로를 자책하지는 않았는가? 만약 피나는 노력 끝에
성공했을 때 우리는 자신의 그동안의 수고와 고통에 대해 따뜻한
격려와 위로를 얼마나 보냈는가? 아니면 그때까지의 수고와 고통
을 잊어버리고 그 수고와 고통을 위로하고 격려하지 않은 채 성공

의 기쁨에 흠뻑 젖어 지내지는 않았는가?

자신을 제대로 아는 사람은 자기밖에 없다. 그렇기 때문에 자신만이 자기를 온전히 사랑할 수 있는 것이다. 자신을 있는 그대로 사랑할 수 없는 사람은 그 외로움을 달래기 위해 타인의 인정과 사랑에 기대어 살아갈 수밖에 없다. 그러나 자신을 제대로 알지 못하는 다른 사람의 나에 대한 인정과 사랑은 스스로 자신을 사랑하는 것에 비해 너무나 보잘것없다는 것을 분명히 이해해야 한다. 지금이라도 우리는 실패와 성공에 관계없이 지난 과거를 돌아보고 자신이 힘겹게 살아온 그 고통과 수고를 충분히 아파해주어야 한다. 그리고 오늘 하루의 고통에 대해서도 충분히 아파해주어야 한다.

가장 바람직한 것은 순간순간 겪는 자신의 고통을 그때마다 분명히 인식하고 충분히 아파해주는 것이다. 그렇게 하는 것이 자신에 대한 가장 큰 위로이며, 그 위로를 받지 못해 발생하는 외로움을 비롯한 여러 가지 왜곡된 심리상태를 막을 수 있는 방법이다.

우리는 자신의 고통을 충분히 아파해줘야만 한다. 그것이 자신을 제대로 사랑하는 방법이며, 자신을 있는 그대로 사랑하는 것이다.

자신의
다정한 친구가 되라!

　자기를 사랑하지 못하는 사람은 결코 남을 사랑할 수 없다!

　자신을 사랑하는 만큼 타인을 사랑할 수 있다!

　내가 누군가를 진정으로 사랑한다면 그는 결코 나를 미워할 수 없다!

　결국, 자기를 사랑하는 것과 타인을 사랑하는 것 그리고 타인이 나를 사랑하는 것은 하나다. 그리고 그중 자신을 스스로 사랑하는 것이 가장 먼저다. 따라서 자신을 온전히 사랑할 수 있는 지혜를 이해하게 되면 타인을 온전히 사랑할 수 있고, 자신에 대한 타인의 평가가 두렵지 않을 것이다. 그런데 우리는 대체로 자신을 사랑하지 않으면서 타인을 사랑하려고 애쓰거나 남을 사랑하지 않으면서 자신만을 사랑하려고 애쓰며 살아간다. 우리가 자신을 진정으로 사랑하기 위해서는 자신이 고통스러워할 때 그 고통을 외면하지 말아야 한다. 자신의 고통을 외면하지 않는 것은 자신이 고통스러워할 때 충분히 슬퍼하고 맘껏 우는 것이다. 자신이 아플 때 맘껏 슬퍼하고 우는 것은 자신의 아픔을 인정하고 존중하는 것이다. 그럴 수 있으면 우리의 내면에 사랑의 강물이 흘러 자애심도 깊어지고 타인의 아픔도 충분히 이해할 수 있다. 자신이 고통스러워할 때 그 고통을 충분히 아파한다는 것은 그 고통으로 인해 잘못된 선택을 했을 때에도 잘못된 선택에 대해 반성하고 채찍질하는 것이 아니라 잘못된 선택의 원인이 된 고통을 이해하고 충분히 아파하는 것을 포함한다.

타인이 고통스러워할 때 그 고통을 공감하지 못하는 사람은 외로운 사람이다. 왜냐하면, 자신이 고통스러울 때 타인 역시 내 아픔을 이해하지 못할 것이라 믿고 있기 때문이다.

결코 다른 사람은 나를 완벽하게 알 수가 없기 때문에 제대로 나를 위로해줄 수는 없다. 오직 나만이 자신의 모든 것을 알기에 자신을 제대로 위로할 수 있을 것이다. 우리는 자신이 기뻐서 춤을 출 때나 고통스러워 신음할 때나 스스로 자신의 다정한 친구가 되어 그 기쁨을 충분히 함께 즐겨주고 그 고통을 충분히 함께 아파해줘야 한다. 그러면 가슴 속에 자신에 대한 사랑의 강물이 흐를 것이고, 그 강물은 흘러넘쳐 타인에게로 향하게 될 것이다. 부디 우리 모두가 자신의 다정한 친구가 되어 자신을 온전히 사랑할 수 있기를 바란다.

너무나 쉽게
'미움'을 선택하는 습관에 대하여

우리는 살아가면서 누군가를 사랑하기도 하고 미워하기도 한다. 내가 누군가를 사랑한다면 나도 행복하고 그도 행복하다. 내가 누군가를 미워한다면 나도 괴롭고 그도 괴롭다. 따라서 행복해지길 바라는 사람이라면 타인을 미워하지 않고 사랑하려고 노력해야 한다. 그런데 보통 우리는 너무나 쉽게 사랑보다는 미움을 선택하며 살아가고 있는 것은 아닌가 생각한다. 예수님은 "원수를 사랑하라!"고 말씀하셨다. 원수마저도 사랑할 수 있는 사람을 괴롭힐 수 있는 것은 아무것도 없을 것이다. 지혜가 부족해서 원수를 사랑할 수는 없더라도 우리가 너무나 쉽게 미움을 선택하고 있지는 않은지 고민해봐야 한다. 누군가가 흥분하여 과도한 말과 행동을 한다면, 우리는 그가 그렇게 과도한 행동을 하지 않으면 안 될 만큼 이미 아프다는 것을 알아야 한다. 우리가 상대의 아픔을 알지 못하면 상대의 과도한 말과 행동으로 인해 상처받게 되고, 그 고통으로 인해 우리 역시 과도한 말과 행동을 하게 될 것이다.

누군가의 말을 듣고 내 마음이 불편하고 아프다는 것은 무엇을 의미할까? 상대의 말을 듣고 마음이 불편하고 아플 때 우리는 흔히 상대방의 말 때문에 내 마음이 불편해지고 아파졌다고 생각하고 상대가 말한 의도까지도 의심하면서 상대를 원망한다. 그러나 사실은 상대의 말에 의해 우리의 아픈 과거의 상처가 자극되어 마음이 불편해지고 아프게 되는 것이다. 만약 나에게 그러한 과거의 상처가 없다면 상대가 똑같은 말을 하더라도 그로 인해 내 마음이 불편하거나 아프지 않을 것이다.

우리의 기대와 생각이 방해받을 때에도 우리의 마음이 불편해지고 아파지게 된다. 그때에도 우리는 우리의 기대와 생각을 방해한 사람을 원망한다. 게다가 우리의 기대를 방해한 것이 사람이 아니라 물건인 경우에도 그 물건에 대해 짜증을 내기도 한다. 예컨대 약속시간에 임박해서 서둘러 가는데 신호등에 자꾸 걸리게 되면 "바빠 죽겠는데 신호등까지 속을 썩이네!" 한다.

우리가 살아가면서 마음이 불편하고 아플 때 상대방 때문에 그런 것이 아니라 우리의 기대가 충족되지 않거나 우리 자신의 과거 상처가 자극되어 마음이 불편하고 아픈 것이라는 것을 우리는 분명히 알아야 한다. 그리고 우리의 기대가 충족되지 않거나 우리 자신의 과거 상처가 자극되어 마음이 고통스러울 때마다 충분히 아파해주고 따뜻하게 위로해주어야 한다. 그래야만 우리의 마음이 불편하고 아플 때마다 너무나 쉽게 상대에 대한 미움을 선택하는 우리의 습관을 고칠 수 있을 것이다.

반응은
아픔의 표현이다

경기도 이천시 백사면에 가면 '도립리'라는 전통마을이 있다. 이 마을은 '산수유꽃축제'로 유명한 마을로서 일명 '산수유 마을'이라고 불리고 있다. 도립리 마을 한가운데 육괴정六槐亭이라는 제실이 있다. 이 육괴정은 조선 중종 때(1519) 발생한 기묘사화로 낙향한 엄용순이 건립한 후 당시 명현인 김안국, 강은, 오경, 임내신, 성당령과 함께 시화 및 학문을 논하였던 곳이라고 한다. 육괴정에서는 해마다 산수유꽃축제 기간에 위 여섯 선비의 뜻을 기리기 위해 '육현추모제'를 지내고 있다.

2015년 산수유꽃축제 기간에도 육괴정에서는 육현추모제가

열렸고, 나도 엄용순의 자손으로 참석하여 제를 올리게 되었다. 산수유꽃축제를 즐기기 위해 도립리 산수유 마을을 찾은 수많은 관광객들 일부가 육현추모제 광경을 보기 위해 육괴정에 몰렸다. 그 관광객들은 대부분 신기한 듯이 바라보기도 하고 사진 촬영을 하기도 했다. 그런데 육현추모제를 지켜보던 관광객 중 한 사람이 큰 소리로 "조선시대 양반놈들이 뭘 잘한 게 있다고 이 짓거리냐!" 고 하였고, 그로 인해 육괴정 주변은 웅성웅성해졌다. 잠시 후 큰 소리로 불만을 이야기했던 관광객은 가버렸고 육현추모제는 정상적으로 진행되었다. 그런데 몇 분 후 그 관광객은 더 흥분한 상태가 되어 육괴정으로 돌아와서는 "양반새끼들이 나라 다 망쳐놓고 뭐 잘 했다고 제사를 지내냐! 성질나는데 이걸 확 엎어버릴까!" 하고 소란을 피웠고 그로 인해 추모제 행사장이 매우 혼란스러워졌다. 물론 다른 관광객들이 화가 난 그의 행동을 제지하여 소란에도 불구하고 추모제는 마무리되었다.

육현추모제는 산수유꽃축제장을 찾은 관광객들을 위한 하나의 흥미로운 볼거리로 생각하고 보고 즐기면 되는 것이다. 그런데 욕설을 하며 그렇게 심하게 흥분해서 반응했던 그 사람의 모습은 매우 비정상적이었음이 분명하다. 아마도 당시 이 광경을 지켜보던 대부분의 사람들은 '에이, 저 사람 제정신이 아니구먼!'하고 생각했을 것이다.

육현추모제를 지켜보다가 심하게 격분했던 관광객은 우리나라 역사에 있어서 양반들에 대한 부정적 인식이 큰 사람이었을 것이다. 그러나 나는 그 이유만으로 그 관광객이 그렇게 격분했다고 생각하지 않는다. 조선시대 양반들에 대한 부정적 인식뿐만 아니라 그 사람의 기질도 한 원인이 되었을 것이고 육괴정에 오기 전에 어떠한 일이 있었는지는 모르겠지만 육현추모제를 지켜볼 때의 심리상태도 한 원인이 되었을 수도 있다. 아무튼, 흥분해서 화를 냈던 그 사람도 추모제 행사장에 많은 사람들이 자신을 지켜보고 있다는 것을 알고 있었다. 그럼에도 불구하고 그가 화를 낸 것은 화를 내지 않고는 견딜 수가 없을 만큼 내면의 고통이 있었다고 봐야 한다. 비록 다른 사람들 눈에는 그 사람의 그러한 행동이 매우 비정상적이고 병적으로 여겨졌다고 해도 말이다.

중요한 것은 우리의 반응이라는 것이 정도의 차이는 있을지 모르지만 자극이 되는 경험에 딱 부합하지 못하다는 것이다. 경험이라는 것 자체는 중립적인 것이므로 틀린 경험이나 맞는 경험, 불쾌한 경험이나 유쾌한 경험 같은 것은 없다. 그럼에도 불구하고 우리는 보고 듣는 등의 경험을 하면서 유쾌하다고 느끼거나 불쾌하다고 느끼거나 아니면 밋밋하다고 느낀다. 객관적이고 중립적인 경험이라는 것이 우리의 무의식 속에 잠재된 상처를 비롯한 과거의 경험들을 자극하면 유쾌함, 불쾌함, 밋밋한 느낌이 발생하고 거기에 우리의 생각과 판단을 보태어 반응하게 된다.

결국, 우리의 반응이라는 것은 경험이나 자극에 비추어 볼 때 항상 과도하게 마련이다. 다만 우리는 반응이라는 것이 모두 다 객관적인 상황에 어울리지 않는 것이지만, 그러한 반응들 중에서 상대방이 예상할 수 있을 정도의 반응들은 정상적이고 상식적이라고 하고 예상하지 못한 반응에 대해서는 크게 잘못되었고 병적이라고 할 뿐이다.

중요한 것은 이처럼 경험에 의해 자극된 각자의 아픔의 표현이 바로 반응임을 분명히 이해하고, 상대가 상식적으로 용납할 수 없을 정도로 과도한 반응을 보인다면 우리는 그 반응을 통해 상대의 아픔이 그만큼 크다는 것을 알아야 한다는 것이다. 그래야 상대의 과도한 행위에도 불구하고 그 사람을 비판, 비난하지 않을 수 있어 우리의 삶도 행복할 수 있는 것이다.

사촌이 땅을 사면
배가 아픈 이유

　자식에게 슬픈 일이 생기면 부모는 함께 슬퍼하고 기쁜 일이 생기면 함께 기뻐한다. 그러므로 상대에게 슬픈 일이 생겼는데도 내 마음이 아프지 않다면 나는 그를 사랑하지 않고 있는 것이다. 평소에 친하게 지내던 사람에게 기쁜 일이 생겼는데도 내 마음이 기쁘지 않다면 내가 그를 정말로 사랑하고 있는지 의심해봐야 한다. "사촌이 땅을 사면 배가 아프다"는 우리 속담이 있다. 참으로 슬픈 속담이 아닐 수 없다. 이 속담을 통해 우리가 알 수 있는 것은 가까운 사람이라고 해서 그가 꼭 잘 되기를 바라지는 않는다는 것이며, 우리는 늘 남과 비교해서 내가 조금이라도 더 나아야 행복을 느낄 수 있다는 태도로 살아가고 있다는 것이다.

남과 비교해서 내가 조금이라도 재산이 더 많거나, 더 많이 배웠거나, 더 높은 지위에 있거나, 내 자식이 더 잘나가야만 비로소 행복을 느낄 수 있다는 것은 비교하지 않고는 행복하지 못하다는 것이다. 우리는 자신의 처지를 조금만 차분하게 제대로 살펴본다면 스스로 행복하지 못함을 너무나 잘 알게 된다. 그래서 우리는 흔히 "그래, 이 정도면 행복한 거야!"라고 말하면서 행복하다고 자위하며 행복한 척한다. 비교해서 내가 남보다 우위에 있어야만 행복할 수 있으니 항상 남을 이기려고 애써야만 하는 것이다. 그러니 전혀 모르는 사람이 땅을 샀다고 하면 배가 아프지 않은데 늘 비교해야만 하는 사촌이 땅을 사면 배가 아픈 것이다.

따라서 비교하지 않고도 행복할 수 있는 지혜를 배워야 한다. 있는 그대로의 나에 대해서 불만 없이 사랑할 수 있어야 남과 비교하지 않고도 얼마든지 행복할 수 있다. 있는 그대로의 나를 사랑할 수 있게 되면 다른 사람도 있는 그대로 존중하고 사랑할 수 있게 되어 혼자 있든 남과 함께 있든 언제나 만족스럽고 행복한 삶을 누릴 수 있을 것이다. 우리가 외롭다고 느낀다면 내가 나를 얼마나 사랑하는지, 내가 진정으로 사랑하는 사람이 얼마나 되는지 고민해봐야 한다. 사촌이 땅을 사면 배가 아픈 사람은 외로운 사람이다.

조건 없는 사랑,
대상 없는 사랑

　우리는 모든 사람을 사랑하지는 않는다. 우리는 누군가를 사랑하기도 하고 누군가를 미워하기도 한다. 이는 아무런 조건 없이는 사랑할 수 없으며, 내가 원하는 조건을 충족시켜주는 경우에만 사랑한다는 것을 의미한다. 즉 우리가 흔히 이해하고 실천하는 사랑은 조건 있는 사랑이며 누구는 사랑하고 누구는 사랑하지 않는 대상 있는 사랑이다.

　어디선가 "사랑이란 자신이 필요한 것을 충족시켜 주거나 그럴 수 있을 것이라고 여겨지는 대상(사람)에게 느끼는 감정이다"라고 정의한 기억이 나는데, 바로 우리가 흔히 이해하고 실천하는 사랑을 적절하게 설명하고 있다고 본다.

　한편 갓난아이에 대한 엄마의 사랑을 생각해 보자. 갓난아이를 돌보는 엄마는 아이에게 아무것도 바라는 것이 없다. 아이가 엄마의 기대를 충족시켜줘서 아이를 사랑하는 것이 아니다. 아이가 엄마한테 뭘 해줘서가 아니라 엄마는 아이에게 그냥 아무것도 바라지 않고 아이가 원하는 것이 뭔지 항상 살펴서 그것을 들어준다. 이러한 갓난아이에 대한 엄마의 사랑은 자신이 필요한 것을 충족시켜 주거나 그럴 수 있을 것이라고 여겨지는 대상(사람)에게 느끼는 감정으로서의 사랑은 아니다. 이러한 갓난아이에 대한 엄마의 사랑은 조건 있는 사랑이 아니라 조건 없는 사랑이다. 그런데도 갓난아이를 안고 있는 엄마의 얼굴은 세상에서 가장 행복한 모습이다.

우리는 누군가를 죽도록 사랑하다가도 어떤 계기로 그 사람을 한없이 미워하기도 한다. 조건 있는 사랑은 그 조건이 깨지면 끝날 수밖에 없다. 조건 있는 사랑은 진정한 사랑이 아니라 상대를 만족 수단으로 여기는 마음에서 비롯된 감정으로서 불완전한 사랑이다.

반면에 조건 없는 사랑은 진정한 사랑이고 완전한 사랑이다. 조건 없는 사랑은 누군가를 있는 그대로 존중하는 마음이다. 조건 있는 사랑은 시작할 때 이미 깨질 것이 예정되어 있지만 조건 없는 사랑은 깨질 이유가 없는 영원한 사랑이다. 조건 없는 사랑은 조건 없이 사랑하는 것이기 때문에 대상도 가리지 않는다. 그래서 조건 없는 사랑을 할 수 있으면 대상을 가리지 않고 누구든지 사랑할 수 있다. 결국, 조건 없는 사랑이 대상 없는 사랑이다.

갓난아이를 키우는 엄마는 조건 없는 사랑을 통해 갓난아이와 둘이 아니라 하나가 되고 엄마는 지상 최고의 행복을 느끼게 된다. 그러다가 아이가 성장하면서 엄마는 아이의 장래를 위해 아이에 대한 이런저런 기대와 바람을 가지게 되고 아이가 그 기대와 바람을 들어주지 않으면 엄마의 마음속에는 사랑과 서운함과 불안함이 함께 뒤섞이게 된다. 갓난아이 때 가졌던 엄마의 조건 없는 사랑은 전혀 불안하지 않은 행복을 주었지만, 아이가 커가면서 기대와 사랑이 섞이면서 엄마는 많이 행복하다가 많이 서운하다가 하는 불안한 행복을 느끼게 된다.

조건 없는 사랑은 대상을 있는 그대로 존중하는 것이다. 그러나 우리는 자신에 대해서나 타인에 대해서나 있는 그대로 존중해서는 안 된다고 오해하고 있다. 그래서 우리는 자신의 행동에 대해서는 늘 반성하고 자책하며, 타인의 행동에 대해서는 항상 지적하고 원망한다.

대상을 있는 그대로 존중하는 조건 없는 사랑을 할 수 있으려면 우선 자신을 있는 그대로 존중하는 실천부터 시작하는 것이 지혜롭다. 자신을 있는 그대로 존중하고 사랑한다는 것은 잘못된 행동을 했을 때에 반성하고 채찍질하여 고치는 것이 아니라 잘못된 행동을 할 수밖에 없었던 자신의 아픔을 이해하고 위로함으로써 그 아픔이 해소되어 같은 잘못이 반복되지 않도록 하는 것이다. 자신을 있는 그대로 존중하고 사랑할 수 있어야만 타인도 있는 그대로 사랑할 수 있다. 조건 없는 사랑과 대상 없는 사랑에서 가장 중요한 것은 자신을 있는 그대로 존중하는 것이다. 자신과 타인을 있는 그대로 존중하고 사랑할 수 있을 때 우리는 비로소 외롭지 않은 삶을 살 수 있을 것이다.

우리는 자신을 있는 그대로 존중할 수 있어야 하고, 그 누구를 만나더라도 불편함이 없어 누구도 미워하지 않을 수 있어야 흔들리지 않는 행복한 삶을 살 수 있을 것이다.

하나와 둘

　우리는 오른손이 다쳐서 피가 나면 왼손으로 오른손을 소독해주고 약도 발라준다. 반대로 왼손이 다쳐서 피가 나면 오른손으로 왼손을 소독해주고 약도 발라준다. 상처가 너무 커서 손만으로 자가치료가 안 되면, 두 다리가 나서서 병원으로 데려다준다. 오른팔이 아플 때 몸의 다른 부분들이 "오른팔 너 혼자 아파해."라고 하지 않고 다른 곳들도 함께 아파하고 완치될 때까지 도와준다. 우리는 오른팔, 왼팔, 다리에 대해 이름을 달리 부르면서 서로 다른 것이라고 생각하고 있지만 오른팔, 왼팔, 다리는 몸의 구성부분으로서 둘이 아니라 하나임을 알고 있기 때문이다.

　우리는 우리 몸을 부위별로 팔, 다리, 오른팔, 왼팔, 배, 가슴, 눈, 코, 입, 귀 등 이렇게 이름을 다르게 부른다. 문제는 이렇게 다른 이름을 붙여 놓고 서로 다른 것이라고 믿는 데 있다. 만약 그렇게 이름을 정하지 않았다면 그때에도 우리가 그것들을 다른 것으로 생각할까? 이처럼 이름이나 개념을 정하기 전에는 하나로 이해하다가 이름이나 개념을 정하게 되면 이름이 다른 것은 서로 별개라고 생각한다.

예전에 만공선사라는 스님께서 "온 우주가 결국 한 송이 꽃이다"世界─花라고 하셨고, 부처님도 예수님도 우주 전체가 하나라고 분명히 말씀하셨다고 한다. 그런데 우리들은 이름이 다르면 실제로도 별개이고 하나가 아니라고 생각한다. 한편 우리는 자식이 기쁘면 함께 기뻐하고 자식이 슬프면 함께 슬퍼하는데, 이는 나와 자식이 하나라고 여기는 마음 때문이다. 또한, 부부가 사랑할 때는 기쁨과 아픔을 공유하면서 하나가 되지만, 이혼할 때는 서로 원수가 되어 상대가 기쁘면 내 배가 아프고 상대가 슬프면 왠지 내 기분이 좋아지기도 한다. 결국, 내가 누구를 사랑할 때는 마음이 하나가 되어 외로움이 없는데, 사랑하지 않으면 마음이 둘이 되어 서로 미워하고 서로 외로워한다.

산에 가면 여러 종류의 나무들이 많이 있지만 그 나무들은 각자 자신이 소나무인지 잣나무인지 참나무인지 모른다. 단지 사람들이 나무들을 종류로 나누어 이름을 붙여 놨을 뿐이다. 또 산에 가면 소나무들이 수도 없이 많지만, 각각의 소나무들은 자신들의 고유한 이름을 갖고 있지 않다. 이름이 없다고 서운해하는 나무는 없다.

내가 누군가를 사랑할 때 그가 내게 짜증 내고 화를 낸다면 나는 그의 불편함을 걱정해주게 된다. 이는 몸은 둘이어도 사랑으로 마음이 하나가 되어 상대의 불편과 아픔이 나의 불편과 아픔이 되기 때문에 가능한 일이다. 만약 서로 미워하면 몸도 마음도 둘이 되어 타인의 불편과 아픔은 그의 불편과 아픔이지 나의 불편과 아픔이 될 수 없는 것이다. 마음이 하나가 되는 것이 사랑이고 행복이며 마음이 둘로 나뉘는 것이 미움이고 불행이다.

행복

행복의 비결과
불행의 이유

　우리는 행복하기를 바라고, 행복한 삶을 위해 무진 애를 쓰며 살아간다. 그럼에도 불구하고 '나는 정말 행복한가?' 하고 자문해 보면 긍정적인 대답이 쉽지 않다는 것을 알 수 있다. 자신이 행복한지 불행한지는 자기가 스스로 분명히 알고 있다. 우리들은 "이만하면 행복한 거야."라고 하면서 스스로를 위로하는 경우가 많은데, 안타깝게도 그것은 행복하지 못함을 실토하고 있는 것이다. 또 우리는 자신의 직업, 사회적 지위, 경제력, 자식, 사업 성공, 멋진 여행, 내가 누구와 얼마나 친한지 등 자기 자랑을 많이 한다. 자랑을 해서 상대가 부러워하면 자신이 행복한 줄 알 거나, 상대의 자랑을 듣고 부러움을 느끼면 그가 행복하리라 생각하지만, 자랑하는 것 자체가 스스로 행복하지 않음을 고백하는 것이다. 우리가 진정으로 행복하려면 남에게 자랑하지 않고, 남과 비교하지 않고도 행복을 느낄 수 있어야 한다. 우리가 진정으로 행복하다면 타인의 인정 여부와 관계없이 행복할 수 있어야 한다.

타인의 인정 여부와 무관하게 행복감을 느낄 수 있으려면 평범한 일상이 감사하게 느껴져야 하고, 매일 만나는 가족, 친구, 직장동료가 밉지 않고 사랑스럽게 느껴져야 한다. 우리의 일상은 정말 행복한가? 아니면 불행한가? 우리들 대부분은 일상이 불만스럽고 괴롭다고 여긴다. 괴로운 일상으로부터 벗어나기 위해 여행, 마약, 도박, 섹스, 좋은 사람, 돈, 권력 등을 찾아다닌다. 그것들로부터 얻어지는 즐거움이 행복이라고 생각하고 그에 집착한다. 그렇지만 그것은 불행한 일상으로부터의 도피행위에 불과하고 진정한 행복이 아니다. 불행한 일상으로부터 벗어나기 위해 자꾸 도피행위를 즐기다보니 결국 도피행위에 중독되고 만다. 알코올중독, 마약중독, 도박중독, 섹스중독, 여행중독, 일 중독, 돈 중독, 권력중독 등이 그것이다. 또 도피행위를 통해 얻은 만족이 진정한 행복이 아님을 알기 때문에 도피행위를 자랑하기도 한다.

일상이 괴롭다고 느낄 때마다 여행, 마약, 도박, 섹스, 좋은 사람, 돈, 권력 등을 찾아다니지만, 괴로운 일상은 늘 우리를 기다리고 있고 우리는 괴로운 일상을 피할 수가 없다. 불행한 일상을 피해 달아나 보지만, 도피행위가 끝나고 나면 결국 불행한 일상으로 돌아올 수밖에 없기 때문에 점점 더 일상이 답답하게 느껴진다. 도피행위에 중독되고, 도피행위를 자랑하는 것에 의해 우리가 진정으로 행복해질 수는 없다. 우리가 진정으로 행복하기 위해서는 평범한 일상에 감사하고 늘 만나는 사람들을 통해 행복을 느낄 수 있어야 한다.

성경에서는 "범사에 감사하라!"고 가르치고 있고, 틱낫한 스님도 "지금 그대로 행복하라!"고 분명하게 가르치고 있다. "범사에 감사하라!", "지금 그대로 행복하라!"는 메시지는 매 순간 주어지는 일상이 그대로 최상의 상태이니 그에 만족하고 감사하며 행복하라는 뜻으로 이해된다. 우리가 원하는 일은 이뤄질 수도 있고 이뤄지지 않을 수도 있다. 자신의 노력 외에 상황, 기후, 시기, 타인의 도움 등 다른 여건이 모두 맞아야 그것이 이뤄질 수 있는 것이다. 그러니 일이 안 풀린다고 불평불만할 것이 아니라 부족한 점을 살펴 보완하고, 일이 잘 풀렸다면 주변에 감사한 마음을 가져야 한다. 우리는 기대를 가지고 사람을 만나 그 기대가 충족되면 좋아하고 그렇지 못하면 불만하고 있지는 않은가? 약속시간 때문에 교통체증과 신호등에 짜증 내고 있지는 않은가? 깊이 살펴보고 만약 그렇다면 자신의 삶의 태도에 대해 심각하게 고민해 봐야 한다. 자신이 만나는 수많은 사람들과 내가 시시각각 접하는 상황들은 내 기대 및 노력과 관계없이 우리에게 주어지는 것이며, 우리는 그것을 그대로 받아들일 수밖에 없다는 것을 분명하게 이해해야 한다. 우리가 삶을 리드하는 것이 아니라 삶이 우리를 이끌어 가는 것임을 분명히 이해해야 일상이 행복해질 수 있다.

행복, 생각, 느낌

우리는 행복해지기를 바라고 행복해지려고 최선을 다해 노력하고 있다. 많은 재산을 모으고, 높은 자리에 오르고, 많은 지식을 쌓고, 멋진 사람과 결혼을 하고, 멋진 곳을 여행하고, 건강을 위해 운동을 하고, 맘에 드는 사람을 만나고, 건강에 좋은 음식을 찾아다니는 등의 노력들이 바로 우리가 흔히 행복해지기 위해 최선을 다하는 모습들이다. 그러나 많은 지식, 높은 권력, 특별한 지식, 멋진 사람, 좋은 음식, 멋진 여행 등이 잠깐 일시적인 행복을 줄수 있을지는 모르지만 흔들리지 않는 진정한 행복을 주지는 못한다. 우리가 흔들리지 않는 진정한 행복을 찾을 수 있는 유일한 길은 순간순간 다가오는 우리의 삶을 조건 및 대상과 관계없이 있는 그대로 받아들이고 즐길 수 있는 지혜뿐이다. 우리가 자신의 생각과 판단이 옳다고 믿는 한 자신의 신념에 어긋나는 모든 것들과 끊임없이 싸워야 한다. 비록 체면을 고려해서 겉으로 드러내놓고 싸우지 않는다 해도 우리의 마음속에서는 자신의 신념과 충돌하는 대상과 싸워야 하고, 또 감정을 드러내지 않기 위해 자신과 싸워야 하기 때문에 오히려 이중고에 시달려야만 한다.

우리들은 '생각'이라는 것이 얼마나 우습고 허망한 것인지를 알아야만 한다. 삶은 과거나 미래가 아니라 바로 '지금'이라는 것을 분명히 알아야 한다. 왜냐하면, 존재하는 것은 지금 이 순간뿐이며 과거나 미래는 존재하지 않기 때문이다. 존재란 지금 존재하는 것을 의미하는바, 과거나 미래는 지금 존재하지 않고 과거에 대한 생각과 미래에 대한 생각만이 지금 있을 뿐이다. 또한, 과거에 대한 후회나 미래에 대한 걱정처럼 생각이라는 것은 과거와 미래로부터 온다. '지금'이라고 하는 우리의 삶은 생각하는 게 아니라 느끼는 것이다. 우리는 실재하는 존재를 느끼고 즐기면서 지금 이 순간을 살지 않고, 대부분 과거에 대한 후회 내지는 미래에 대한 걱정으로 지금 이 순간을 채우면서 삶을 생각(가상) 속에서 살아간다. 즉, 우리의 삶은 지금을 느끼는 것이 아니라 과거와 미래를 생각(후회, 추억, 걱정, 기대)하는 것으로 채우며 살아가고 있다. 지금을 느끼며 살아야 한다. 지금은 생각의 대상이 아니다. 삶은 지금에 대한 느낌이다.

만약 '느낌'으로 사는 게 아니라 '생각'으로 살고 있음을 알게 되었다면, 자신이 '지금'을 살고 있는 게 아니라 이미 지나버린 어제를 후회하고, 아직 오지 않은 내일을 걱정하며 '상상' 속에 살고 있다는 것을, 실재하는 공간이 아니라 가상의 공간에서 살아가고 있음을 분명히 알아야 한다. 누구를 만나든 선입견도 내려놓고, 미래에 대한 계산도 접어 두고, 상대를 지금 있는 그대로 느끼고 이해하고 사랑해 보자! 아주 불편하거나 곤란한 상황에 처하더라도 '생각'으로 정리해서 남 탓하지 말고, 자신의 생각이나 계획대로 풀리지 않아서 불편하고 곤란해 하는 '지금 이 순간'의 내 마음을 꼬옥 안아주자! 자신의 생각을 믿지 않을 수 있어야 우리는 삶을 있는 그대로 받아들이고 있는 그대로 즐길 수 있다. 역설적으로 들리겠지만, 자신의 생각에 대한 확신이 클수록 우리는 남에게 의존적인 삶을 살 수밖에 없다. 자신의 생각이 옳다고 확신하니 그 확신과 충돌하는 대상을 만날 때마다 짜증 나고 화나고 서운해 하면서 끊임없이 의존적인 삶을 살아가야 하는 것이다. 자신의 생각 속에 자신을 가두려 하지 말고, 자신의 생각 속에 타인도 가두려 하지 말아야 한다. 우리의 삶은 결코 우리의 생각 속에 가둬지지 않는다. 생각 속에 가둘 수 없는 삶을 생각 속에 가두려고 하면 할수록 우리의 삶은 점점 더 괴로워지고 행복과는 점점 멀어지게 될 수밖에 없다!

행복과 사랑

행복이란 놈은
사랑이란 놈과
단짝이래요.

그래서
사랑이 없는 곳은
행복이 쳐다보지도 않는다고 하네요.

우리 마음속에
행복이 들어오게 하려면
우리 마음을 사랑 소굴로 만들어야 한데요.

사랑이 없이는

행복이란 놈을 꼬실 수가 없다네요.

하루하루! 순간순간!

마음을 사랑 소굴로 만들어서

많이 많이 행복하세요.

행복의 주소

나는 행복하기를 간절히 원한다. 그래서 행복을 찾아 한참을 여기저기 헤맨다. 내가 찾고 있는 행복은 어디서 오는 걸까? 내가 간절히 원하는 행복은 어디에 숨어 있는 걸까?

나는 지금까지 비교우위에서 행복을 찾고 있었다. 남보다 더 많은 재산, 더 높은 지위, 더 많은 지식, 더 많은 여행, 더 많은 사람이 나에게 행복을 가져다줄 것이라 굳게 믿어왔다. 그러나 비교우위에서 행복을 찾아 헤매다 내가 도착한 곳은 행복의 땅이 아니라 외로움과 두려움의 바다였다. 비교우위에서 행복을 구하던 나는 수많은 사람과 늘 경쟁해야 했고, 결과에 집착했기에 몸과 마음 모두 늘 긴장되어 있었다. 남을 이기기 위해 힘과 돈과 권력과 지식을 더 많이 가지려고 오랜 기간 외로운 싸움도 했고, 피나는 노력도 했고, 소리 없이 많은 눈물도 흘렸다.

꽤나 많은 지식과 재산 그리고 지위도 얻었고, 남부러울 정도로 여행도 많이 했고, 이것저것 즐거운 유흥도 다 즐겨보았지만, 나보다 나은 사람을 만나면 시기심과 질투심이 일어났고, 경쟁에서 이겼을 때에도 그 승리의 기쁨이 곧 사라질까 봐 두려웠으며, 나의 승리를 인정하지 않을까 봐 힘으로 남을 지배하려고도 했다.

그러나 결국 나는 나 아닌 다른 사람들을 진정으로 사랑하지 못했으니 그들도 나를 진심으로 사랑하지 않았고, 그래서 나는 너무나 외로웠다. 또한, 계속적인 경쟁에서 항상 승리해야 한다는 강박증과 두려움에 떨어야 했다.

이제는 행복이 어디서 오는지 알았다. 행복은 멀리 있는 '결과'에서 오는 것이 아니라 늘 내 옆에 있는 '과정'에 있었다. 행복은 애쓰며 노력해서 획득하는 것이 아니라 늘 내 주위 어디에나 있었는데 나는 지혜의 눈이 멀어 그것을 보지 못했다.

남보다 나음에서 행복이 오는 것이 아니라, 남과 하나가 되어야만 흔들리지 않는 진정한 행복을 만날 수 있는 것이었음을 이제야 알았다. 남과 하나가 되는 것이 바로 사랑이고, 아무런 조건 없이 타인과 공감하고, 아무런 조건 없이 타인을 사랑할 수 있는 우리의 존재나 모습을 통해 행복은 저절로 확인되는 것이다!

행복의 주소

행복이 어디에 사는지 물어봐도
행복의 주소를 제대로 알려주는 사람은 없구나.

행복이 밖에 있는 줄 알고 여기저기 찾아 헤매고
좋은 사람이 행복을 가져다주는 줄 알고 이리저리 헤매다가
아까운 내 인생 다 저물어 가는구나.

아무리 좋은 사람을 만나도
내 안에 시기하는 마음 생기면
그것이 불행이요.

아무리 못된 사람 만나도
연민의 마음을 일으키면
그것이 행복이다.

행복도 불행도 모두
내 마음속에 있음을
너무 늦게 깨닫지 않기를...

내려놓기가
어려운 이유에 대하여

　"행복해지려면 내려놓으라."는 말을 많이 듣고 자주한다. 돈 문제로 괴로운 사람은 돈을, 권력문제로 괴로운 사람은 권력을, 사람 문제로 고통받는 사람은 관계를, 자존심 문제로 힘들어하는 사람은 자신을 내려놓아야 비로소 행복해진다는 말씀이다. 이 말을 들을 때는 '맞어, 맞어! 내려놔야지!'하고 생각은 하지만 실천은 잘 안 된다. 왜 그럴까? 그 말이 옳다고 생각하는데 실천은 왜 안 되는 걸까?

　정확히 말하면 그 말을 이해하고 있는 것처럼 보이지만 사실 그 말의 속뜻을 이해하지 못하고 있기 때문에 실천을 할 수가 없는 것이다. '백 번을 듣는 것보다 한 번 보는 것이 확실하고(백문불여일견) 천 번을 생각하는 것보다 한 번 행동하는 것이 낫다(천사불여일행)'고 한다. 실천하지 못하면 알지 못하는 것이다.

'행복해지려면 내려놓으라.'는 말의 속뜻은 돈, 권력, 타인의 인정과 사랑에 대한 집착 때문에 괴롭고 불행해지는 것이니 그에 대한 집착을 내려놓으라는 뜻이다. 무엇에 대한 집착을 내려놓으려면 돈, 권력, 타인의 인정과 사랑이 행복을 보장해주지 않는다는 것을 이해해야 한다. 그것들이 행복을 보장해줄 수 있다고 믿는 한 그에 대한 집착을 끊을 수 없다.

돈 문제로 괴로운 사람은 돈이 많으면 행복할 거라고, 권력 문제로 괴로운 사람은 높은 권력이 행복을 보장해줄 거라고, 외로움으로 고통받는 사람은 상대로부터 사랑을 받으면 행복할 거라고, 자존심 때문에 힘들어하는 사람은 남으로부터 인정받으면 행복해질 것이라고 확신(집착)하고 있는 것이다. 그래서 늘 돈, 권력, 타인의 사랑, 타인의 인정이 부족해서 불행하다고 생각하기 때문에 그것을 더 채우려고 애쓰기는 쉽지만, 반대로 그것을 잃으면 불행해진다고 믿고 있기 때문에 그것들을 내려놓는 것은 대단히 어려운 일이다. 그러한 믿음을 가지고 있으면서 억지로 내려놓는다고 해도 두고두고 후회하고 원망할 것이다.

결국, 내려놓을 수 있으려면 돈, 권력, 타인의 사랑, 타인의 인정에 대한 집착이 강하면 강할수록 그만큼 더 불행해진다는 것을,

자기 자신에 대한 스스로의 사랑과 인정이 있어야 진정으로 행복할 수 있다는 것을, 돈, 권력, 타인의 사랑, 타인의 인정에 집착하는 이유는 자신에 대한 사랑과 인정이 부족하기 때문이라는 것을 분명히 이해해야만 한다.

자기 사랑의 힘이 커지면 상대적으로 돈, 권력, 타인의 사랑, 타인의 인정에 대한 집착이 약해져서 그로 인해 문제가 생겨도 내려놓을 수 있는 힘이 생겨날 것이다. 자기 사랑의 힘으로 충분히 행복한 사람만이 내려놓음이라는 지혜를 이해하고 실천할 수 있다.

●●●●●●

진리와 괴로움

　성경에서는 "원수를 사랑하라."고 분명히 가르치고 있다. 그런데 우리는 "어떻게 원수를 사랑해? 말도 안 돼! 원수를 사랑할 수는 없는 거야! 성경 말씀은 원수를 사랑하도록 노력하라는 것이겠지."라고 생각한다.

　틱낫한 스님은 "지금 이대로 행복하라."고 말씀하셨다. 그러나 우리는 "어떻게 지금 이 상태에서 이대로 행복할 수 있다는 거야! 말도 안 되지! 지금은 이것저것 부족한 게 많으니까 불행한 거야! 부족한 것을 채우면 행복해질 거야! 그러니 열심히 노력해서 그것을 채워봐야지!" 하고 생각하며 살아간다.

　한편 성경에는 "진리만이 너희를 자유롭게 하리라."는 말씀이 있다. 나는 "원수를 사랑하라!"는 성경 말씀과 "지금 이대로 행복하라!"는 틱낫한 스님의 말씀이 진리라고 생각한다. 진리라는 것은 사람의 생각, 지식, 견해와 관계없이 언제나 변함없는 사실 또는 법칙이므로, 진리를 따르면 행복할 것이고 진리를 거역하면 괴로울 수밖에 없다. 그렇기 때문에 원수를 사랑해도 되고 미워해도 된다는 것이 아니라 '무조건' 원수를 사랑하라고 명령하고 있는 것이고, '무조건' 지금 이대로 행복하라고 명령하고 있는 것이다. 우리가 이러한 진리의 말씀을 진리로 이해하지 못하기 때문에 이 말씀을 실천할 수가 없고 그래서 괴로운 것이다.

부처님은 다음과 같은 세 가지 진리를 말씀하였다.

諸行無常 제행무상

세상의 모든 것은 변한다. 항상 같은 것은 없다. 이것이 진리이다!
그러므로 변하지 않으려고 애쓰면 애쓸수록 더 괴로울 수밖에 없다!

諸法無我 제법무아

모든 것은 독자적 본성을 가지고 홀로 존재하지 않는다. 이것이 진리이다!

나我라는 것도 없다!

내가 없는데도 내가 있다고 믿고 살아가니 인생이 괴로울 수밖에 없다.

내가 없다는 것을 알면 괴로움도 저절로 사라진다!No self No problem

一切皆苦일체개고

세상의 모든 것이 고통이다!

모든 것이 고통으로 인한 것이니 옳고 그름으로 시비를 따지지 말라!

모든 것이 고통으로 인한 것임을 알면 미움이 연민으로 바뀔 것이다!

우리는 이 세 가지 진리가 진리임을 이해하지 못하기 때문에 이 진리에 순응하는 삶을 살지 못하고 역행하며 살아간다.

진리에 따라 순응하며 살아가면 행복하고, 진리에 역행하여 살아가면 괴로울 수밖에 없다. 왜냐하면, 그것이 진리이기 때문이다.

자존감과 행복

자기를 사랑하고 존중하는 마음인 자존감이 높으면 그것만으로도 충분히 행복할 수 있다.

자존감이 낮으면 타인의 인정과 사랑을 받아 행복해지려고 애쓰게 된다. 남의 인정과 사랑을 받고자 하는 기대와 바람은 결국 남의 평가에 따라 일희일비하며 살 수밖에 없어서 타인에게 의존적인 삶을 살게 된다. 자존감이 너무 낮으면 남의 칭찬도 칭찬으로 받아들이지 못하고 칭찬의 의도를 의심하게 되어 극도로 불행한 삶을 살게 된다. 반대로 자존감이 높으면 타인의 비판이나 비난에도 불구하고 의연할 수 있어서 타인에 의존적인 삶이 아니라, 타인의 평가와 관계없이 항상 만족스럽고 행복할 수 있는 자유로운 삶을 살 수가 있다. 우리는 내가 남보다 더 우월하거나 더 행복할 때 자존감이 높아진다고 오해하고 있다. 그래서 늘 남과 경쟁하고 싸우면서 다른 사람의 것을 빼앗으려 한다. 심지어 내가 얼마나 재산이 많은지, 내가 지식이 얼마나 많은지, 내 지위가 얼마나 높은지, 내가 얼마나 많은 권력자들과 친한지, 내 자식이 얼마나 잘 나가는지 등등 자기 자랑을 늘어놓으면서 내가 너보다 더 행복하다는 것을 인정하라고 강요한다. 그러나 자존감은 내가 남보다 더 우월하다거나 더 행복하다는 것에서 얻어지는 것이 결코 아니다. 자존감이란 나의 과도한 행동이 자신의 아픔에 기인한 것임을 분명히 이해하고 자신을 있는 그대로 존중하고 사랑할 수 있을 때 높아지는 것이다.

나의 과도한 행동이 자신의 아픔에 기인한 것임을 경험을 통해 분명히 이해하게 되면 타인의 과도한 행동 역시 그의 아픔 때문임을 이해할 수 있어 타인도 있는 그대로 존중하고 사랑할 수 있다. 자신과 타인의 과도한 행동에 대해 반성하거나 지적하는 것이 아니라 그러한 과도한 행동의 원인이 되는 아픔을 이해하고 따뜻하게 안아줄 수 있을 때 비로소 자존감은 무럭무럭 자라나게 된다.

하루하루! 순간순간! 자신과 타인의 아픔을 이해하고 안아줌으로써 자존감과 행복감이 충만한 삶을 살아갈 수 있기를 진심으로 바란다.

고통과 괴로움은 별개

우리는 감각기관(눈, 코, 입, 귀, 피부)을 통해 경험의 대상을 만난다. 감각기관을 통해 보고, 듣고, 맛보고, 냄새 맡고, 피부로 감지한 것에 대해 우리는 느낌을 갖게 되는데, 대체로 유쾌한 느낌, 불쾌한 느낌, 밋밋한 느낌으로 나눌 수 있다. 이 느낌 중 불쾌한 느낌을 고통이라고 할 수 있다.

우리는 살아가면서 원하든 원하지 않던 크고 작은 고통을 피할 수는 없다. 육체적 고통이든 정신적 고통이든 우리는 고통으로부터 벗어나기를 원하며, 그렇기 때문에 고통을 야기한 자극을 멈추게 하기 위해 그 자극과 싸우고자 한다.

육체적 고통은 대체로 생명을 보호하기 위한 경고로서의 의미를 갖기 때문에 육체적 고통을 야기한 자극에 대해서는 즉각적으로 피하거나 공격하는 형태로 대응하게 된다. 정신적 고통은 대체로 자신의 기대가 방해받거나 과거의 상처가 자극되는 경우에 나타나는데 우리는 정신적 고통을 야기한 대상에 대해 공격적으로 대응한다.

대체로 우리는 고통과 괴로움을 구별하지 않고 고통을 괴로움과 같은 것이라고 생각한다. 그러나 고통과 괴로움은 다른 것이며 별개이다. 고통스럽다고 해서 반드시 괴로운 것은 아니다. 고통은 아픔일 뿐 고통이 괴로움은 아니다.

다만, 우리는 고통을 느끼면 고통으로부터 벗어나고 싶은 욕구와 고통을 야기한 자극에 대해 공격하고 싶은 충동이 생긴다. 고통으로부터 벗어나려고 하면 할수록 우리는 고통을 더 강하게 느끼게 된다. 고통을 야기한 것으로 여겨지는 자극에 대한 공격성이 원망, 서운함, 시기, 질투, 분노 등으로 이어지면서 괴로움이 생긴다.

따라서 우리가 살아가는 데 있어서 크고 작은 고통은 피할 수 없지만, 고통을 만나서 고통에 대처하는 지혜가 꼭 필요하다. 우선 고통이 시작될 때 생명보호를 위해 본능적으로 피하게 되는 경우를 제외하고는 고통으로부터 벗어나려 하기보다는 고통 그 자체를 지켜볼 수 있어야 한다. 대부분의 고통은 그것을 침착하게 지켜보는 것만으로도 긍정적인 결과를 얻을 수 있다. 고통은 그 자체의 아픔보다는 그것을 두려워하고 피하려는 생각 때문에 더 고통스러운 경우가 많다. 특히 정신적 고통의 경우에는 고통 자체를 침착하게 지켜보면서 고통을 충분히 인정하고 아파해줄 수 있어야 상대에 대한 분노, 원망, 시기, 질투 등으로 이어지지 않을 수 있다. 즉 고통을 침착하게 지켜볼 수 있어야 고통이 괴로움으로 이어지지 않을 수 있는 것이다. 무의식 속에 잠재되어 있는 과거의 상처가 자극되어 마음이 고통스러울 때 그 고통을 침착하게 지켜보면서 충분히 아파하고 따뜻하게 위로해주어야 고통이 괴로움으로 이어지지 않을 것이다. 우리의 삶에 있어서 고통은 불가피하지만 괴로움은 선택이다!

고통에 대한 처방전

　우리의 삶은 고통의 연속이다. 하루에도 몇 번씩 고통받고, 어떤 때는 하루종일 고통스럽다. 우리는 고통스러울 때마다 절대자로부터 위안받고 싶어 종교생활, 신앙생활을 하고, 타인으로부터 위로받고 싶어 타인에게 의지한다.

　우리가 신앙생활을 하는 진정한 목적은 끊임없이 발생하는 삶의 고통에도 불구하고 참된 자유와 행복을 안겨 줄 '진리'를 깨닫기 위한 것이다. 그러나 우리 대부분은 삶에서 느끼는 고통에 대해 위로받기 위해 신앙생활을 하는 것처럼 여겨진다. 삶의 고통에 대해 위안을 받기 위해 신앙생활을 하다 보니 참된 행복과 자유를 안겨 줄 '진리'에 대해서는 커다란 관심이 없어 보인다. 성경에서는 "진리만이 너희를 자유롭게 하리라!"고 분명하게 말씀하고 있음에도 불구하고 '진리'를 탐구하기 위한 노력은 하지 않고 그저 위로받기 위해 신앙생활을 하고 있는 것이다. 삶에서 느끼는 고통을 위로받기 위한 신앙생활을 통해서는 진정한 행복과 진정한 자유를 누릴 수 없다.

우리의 삶에서는 끊임없이 고통이 발생하고 그때마다 타인의 위로를 통해 고통을 이겨내려고 한다. 그래서 누군가가 자신의 고통을 위로해주면 그가 내 고통을 충분히 이해한다고 생각하고 고마워한다. 그러나 그가 내 고통을 제대로 알 수 없다는 걸 깨닫게 되면 우리는 철저히 외로워한다. 삶에서 끊임없이 발생하는 고통에도 불구하고 우리는 행복하고 자유로울 수 있는 것인가? 아니면 끊임없는 고통 때문에 괴롭게 살다가 죽어야만 하는가?

이 숙제를 해결하는 것이 바로 신앙생활이라고 생각한다. 종교는 그 형태를 불문하고 우리가 진정으로 자유롭고 행복할 수 있는 '진리'를 제시하고 가르치고 있다. 그러나 종교생활을 하는 대부분의 사람이 순간순간 마주하는 고통에 대해 위로받으려고만 하지 끊임없는 삶의 고통을 해결해줄 '진리'를 배우고 탐구하려고는 하지 않기 때문에 신앙생활에도 불구하고 삶이 행복하지 못하고 자유롭지 못하다.

우리는 끊임없이 원망의 고통, 자책의 고통, 분노의 고통, 좌절의 고통 등 수많은 심리적 고통을 겪으면서 살아간다. 그리고 우리는 그런 심리적 고통을 겪을 때마다 내가 아닌 다른 대상으로부터 위로받고 싶어 한다. 우리는 내가 나를 위로한다는 것은 말이 안 된다고 믿고 있어서인지 자신의 고통을 스스로 위로해주지 않는다. 그러나 자기가 얼마나 행복하고 자신이 얼마나 고통스러운지는 스스로가 너무도 잘 알고 있다. 남은 나의 고통과 행복을 제대로 알 수 없다. 그럼에도 우리는 나의 행복과 고통을 알지 못하는 남에게 나의 고통을 위로해 달라고만 할 뿐, 자신의 모든 것을 알고 있는 자기에게 자신을 위로해 달라고 하지 않는다. 자신을 제대로 위로해줄 수 있는 사람은 바로 자기 자신 뿐인데도 말이다. 사실 우리가 하는 원망, 자책, 짜증, 분노의 뿌리는 우리 자신의 고통이다. 부처님도 우리 인간의 삶 전부가 고통이라고 말씀하셨다(一切皆苦일체개고). 부처님은 "모든 것은 변하고 항상 같은 것은 하나도 없다(諸行無常제행무상). 독자적 본성을 가지고 홀로 존재하는 것은 없다(諸法無我제법무아)는 두 가지 진리를 알지 못하고(無明무명) 진리(諸行無常과 諸法無我)에 역행하며 살아가기 때문에 우리의 삶 전체가 고통스러울 수밖에 없다(一切皆苦)."고 하였다.

원망, 자책, 짜증, 분노의 뿌리인 자신의 고통을 스스로 침착하게 지켜볼 수 있어야 나의 생각(기대, 바람)이 諸行無常과 諸法無我의 진리를 거역하고 있었고 그래서 내가 그렇게 고통스러웠음을 알 수가 있는 것이다. 이러한 과정을 통해 자신의 고통과 그 원인을 경험에 의해 분명히 이해할 수 있어야 끊임없이 발생하는 삶의 고통에서 벗어나 진정한 행복을 누릴 수 있는 것이다.

우리는 자신의 고통을 스스로 충분히 아파해주고 다정하게 안아주어야 한다. 고통받는 우리는 자신으로부터 충분히 위로받아야 그 고통으로부터 제대로 해방되어 자유로울 수 있다. 우리 스스로 자신의 고통을 충분히 위로하기 위해서는 그 고통을 차분하게 지켜보면서 얼마나 고통스러운지 그리고 왜 고통스러운지를 알아야만 한다.

世界一花

내 사무실에는 액자가 몇 개 걸려있는데 그중 하나에는 世界
一花^{세계일화}라고 적혀있다. 내가 오래전에 변호사사무실 개소식을
할 때 장모님께서 스님께서 쓰신 것이라면서 보내주신 소중한 액
자다. 그런데 그동안 나는 선입견 때문인지 그 글을 世界一化라
고 이해했었다. 그러고는 그 뜻이 마음에 안 들어 내 방에는 다른
액자를 걸어두고 그 액자는 직원들이 사용하는 사무국에 걸어두
었다.

그러다가 얼마 전 그 액자에 적힌 글이 世界一化가 아니라 世
界一花라는 것을 알고 인터넷으로 그 뜻을 검색해 봤다. 世界一花
라는 글은 우리나라가 일제치하에서 해방될 즈음에 만공선사라는
스님이 쓴 글인데 "세상의 모든 것이 한 송이 꽃이다"라는 의미로

쓰신 것이라고 한다. 세상을 하나로 이해하고 살아가면 그 삶이 행복, 극락, 천국이고, 세상이 하나가 아니라고 알고 살아가는 삶이 바로 불행이고 지옥이라 말씀하셨다고 한다.

우리가 어떠할 때 행복을 느끼고, 어떠할 때 불행을 느끼는지에 대해 가만히 생각해 본다. 우리는 내 부모와 자식이 좋은 일로 기뻐할 때 우리도 저절로 행복해지고, 일이 잘 안 풀려 그들이 힘들어하면 우리도 함께 고통스럽다. 한편 평소 못마땅하던 사람이 잘 나간다는 소식을 들으면, 그 순간 우리는 저절로 괴로워진다. 그래서 사촌이 땅을 사면 배가 아프다고 하는가보다.

우리는 가족과 자신을 별개가 아니라 하나라고 여기기 때문에 가족의 행복은 나의 행복이 되고, 가족의 고통은 나의 고통이 되는 것이다. 반대로 내가 싫어하고 미워하는 사람은 나와 별개라고 생각하기 때문에 그의 행복이 저절로 나의 불행으로 이어지고 만다.

물론 내 가족이 힘들면 저절로 나도 고통스럽겠지만, 나와 하나인 내 가족의 어려움을 기꺼이 함께 극복하고자 하는 마음이 생기기 때문에 그것은 괴로움이 아니다.

어려움에 처한 누군가의 고통이 그대로 내게 전해져 그가 고통으로부터 속히 해방되기를 간절히 기도하면서 도와준다면 그는 진정한 사랑을 느낄 수 있게 될 것이다. 그는 이질감에서 오는 형식적인 감사함이 아니라 고통을 함께 나눌 사람이 없어 외로웠던 자신을 안아준 우리에게 진정한 사랑을 느낄 수 있게 될 것이다. 만약 우리가 분리감에서 비롯된 의무감 때문에 어려움에 처한 누군가를 돕는다면 그도 우리를 사랑하지 않을 것임은 물론이고 고마워하지도 않을 것이다.

그렇다면 세상에서 가장 행복한 사람이란 세상의 어느 누구도 미워하지 않는 사람일 것이다. 그래서 예수님께서도 "원수를 사랑하라!"고 하셨다. 이제부터 마음을 활짝 열고 우리가 만나는 모든 것들과 하나가 되어 마음껏 사랑해 보자.

분리감과 외로움

몇 년 전까지 내 마음속에 서운함, 미움, 시기심, 분노 등 부정적 감정들이 많았다. 그러한 부정적 감정들은 크건 작건 외로움으로 이어졌고, 나는 그 외로움으로부터 도피하기 위해 나와 코드가 맞는 사람, 환경, 책 등을 찾아 꽤나 많이도 헤매었다. 그러다가 결국 내가 도착한 곳은 세상과는 동떨어져 나 혼자 사는 나만의 세상이었고, 그곳에서 나를 기다리고 있던 것은 내가 감당할 수 없을 정도로 고통스러운 '외로움'이었다. 그 처절한 외로움의 정체는 세상에서 나를 이해해주는 것이 하나도 없다는 느낌이었고, 세상으로부터 너무도 멀리 떨어졌다는 그런 느낌이었다. 분리감分離感이 외로움의 정체란 걸 알았다.

부러우면 지는 거야!

외로우면 지는 거야!

수도 없이 크게 외쳐보았지만 그 외로움을 견뎌낼 수는 없었다.

그런데 더 이상 그 외로움을 견딜 수 없다고 느끼는 순간, 이 상하게도 그 외로움이 아주 조금씩 풀리기 시작했다. 외로움에 떨고 있는 나를 안아주는 사람이 바로 내 옆에 있었다. 그는 내게 "내가 많이 외롭구나. 내가 이 외로움을 더 이상 견딜 수 없어 하는구나."라고 부드럽게 얘기하면서 나를 따뜻하게 안아주었다. 한없이 눈물이 흘러내렸다. 나를 다정하게 안아주었던 사람은 다른 사람이 아니라 바로 '나'였다. 그동안 살아오면서 내가 자신을 이해하고 안아줄 수 있다는 생각은 전혀 하지 못했고, 그래서 내가 나를 받아들이고 안아주고 한 적이 없다는 것도 알았다. 그런데 이제 내가 나를 받아들이고 안아주는 것이 가능하고 너무나 큰 위로가 된다는 걸 알았다. 더 나아가 다른 사람이 말하는 내용을 이해하는 것보다 그 사람의 고통과 아픔을 진심으로 이해하는 것이 그에게 큰 위로가 되고 인간관계에서 그보다 더 중요한 건 없다는 것도 알았다. 우리는 수시로 외로움을 느낀다. 내 생각과 다른 생각을 만나 충돌할 때, 내 기대와 반대 방향으로 상황이 전개될 때, 그것을 받아들이지 못하고 저항할 때와 같이 우리가 분리감을 느끼는 순간순간마다 우리는 외로움을 느낀다는 것을 알았다. 내가 만나는 사람의 아픔과 외로움을 알 수 있어야 진정으로 그를 이해하고 사랑할 수 있다는 것도 이해하게 되었다. 우리가 만나는 모든 사람의 아픔을 이해하고 안아주면 나도! 그도! 세상도! 모두 평화롭고 행복해질 것이다. 그러한 평화와 행복을 마음껏 누릴 수 있기를 간절히 바란다.

외로움의 뿌리

사람들은
사랑을 받지 못해
외롭다고들 말하지만

사실은
사랑할 사람이 없어서!
누군가를 사랑할 자신이 없어서!
외로운 거야.

누군가 나를 미워한다면
나도 그를 미워하고 있는 것은 아닐까?

내가 먼저 그를 미워했던 것은 아닐까?

내가 진정으로 누군가를 사랑한다면
그도 나를 미워할 수는 없겠지.

누군가 나에게 상처를 준다면
내게 상처를 주지 않으면 견딜 수 없을 만큼
이미 그는 많이 아팠던 거야.

외로움에 대한 처방전

우리는 외로움이 두렵다. 그래서 우리는 본능적으로 외로움을 피하고 싶어 한다. 외롭지 않으려고 많은 사람도 만나고 모임이나 단체에 가입하기도 하지만, 집에 돌아와 가만히 자신의 마음을 바라보면 여전히 외롭다. 자신의 외로운 마음을 마주하는 것이 싫어서 혼자 있는 시간을 피하기도 한다. 외로움이란 무엇이고 그 원인은 무엇일까? 그에 대한 처방전은 없을까?

보통 우리는 "외로움이란 사랑받지 못하고 있다는 느낌이다. 타인이 자신을 사랑하지 않아 외로운 것이므로 타인의 사랑을 많이 받으면 외롭지 않을 수 있다."고 생각한다. 그런데 누군가를 만나 그가 나를 사랑하고 있다고 생각되면 외롭지 않지만, 그의 사랑을 의심할 만한 사건이라도 생기면 곧바로 외로워지고 만다. 타인으로부터 인정받지 못하고 사랑받지 못해서 외로운 것이라고 생각하면, 남의 인정과 사랑을 받기 위해 애를 쓰면서 의존적인 삶을 살게 된다. 어떤 사람들은 타인의 인정과 사랑을 적극적으로 강요하면서 거친 태도로 살아가기도 하고, 또 어떤 사람들은 타인의 사랑과 인정을 받기 위해 자신의 감정을 속이거나 억누르며 타인에게 인자하고 너그러운 척하면서 살아가기도 한다. 그러한 노력에도 불구하고 타인의 사랑과 인정을 받지 못하게 되면 스스로를 자책하거나 타인을 원망하며 살게 된다. 그러나 스스로 자신을 사랑하지 못하는 한, 결코 외로움을 벗어날 수 없다. 타인의 사랑과 인정은 단지 일시적으로 외로움을 잊게 하는 진통제 내지는 마취제가 될 뿐이다. 타인이 나를 사랑하지 않아서가 아니라 자기 스스로 자신을 사랑하지 못하기 때문에 외로운 것이다. 또한, 자기 스스로 자신을 사랑하지 않기 때문에 타인이 자신을 사랑한다는 것을 믿을 수가 없는 것이다. 타인이 자신을 사랑하지 않을 것이라는 믿음은 타인을 사랑할 수 없게 만들 것이다. 결국, 외로움은 자기 사랑도 부족하고, 자신에 대한 타인의 사랑에 대한 신뢰도 부족하며, 타인에 대한 자신의 사랑도 부족한 상태라고 하겠다.

스스로 자신을 사랑하지 못하는 이유는 무엇일까? 있는 그대로의 자신을 수치스럽게 여기기 때문에 자신을 있는 그대로 사랑할 수 없다고 믿고 있는 것이다. 그러나 자신을 있는 그대로 사랑해야 하고 자신을 있는 그대로 사랑하지 않고서는 결코 자기를 사랑할 수 없다. 자신을 있는 그대로 사랑한다는 것은 자신의 그릇된 생각과 잘못된 행동을 반성하고 자신에게 채찍질하는 것이 아니라, 자신의 부족한 생각과 잘못된 행동이 아픔 때문에 발생한 것임을 이해하고 자신의 아픔을 차분하게 지켜보고 다정하게 안아주는 것이다.

우리는 보통 자신의 과잉반응에 대해 그럴 수밖에 없었던 자신의 상처와 아픔을 이해하면서 따뜻하게 안아주는 것이 아니라 겉으로 드러난 과잉반응에 대해 못마땅해 하면서 끊임없이 자신을 채찍질하고 있다. 과거의 상처와 지금의 아픔으로 인한 과잉반응에 대해 따뜻하게 안아주는 것이 진정한 사랑이다. 순간순간의 경험이 과거의 상처를 건드려 마음이 아플 때마다 그 아픔을 벗어나려고 충동적으로 양심에 어긋난 행동할 것이 아니라, 오히려 순간순간 자극되어 아픈 마음을 피하지 말고 그 아픔을 직면하려는 용기를 내어야 한다. 그 아픔을 가만히 지켜보면서 아파하는 자신을 다정하게 안아주고 따뜻하게 위로해주어야 한다.

순간순간 마음이 아플 때마다 아픈 마음을 직면하고 위로하고 안아줄 수만 있다면, 아픈 마음 때문에 감정적 충동적으로 행동하지 않을 수 있다. 억지로 아픈 마음을 감추고 너그러운 척 감정노동을 하지 않을 수 있을 뿐만 아니라, 자신에 대한 사랑이 무럭무럭 커가는 것을 직접 확인하게 될 것이다.

자신에 대한 사랑과 타인에 대한 사랑이 다르지 않다. 우선 자신의 과잉반응이 자신의 아픔에 기인한 것임을 이해하고 안아 주어 자기 사랑을 실천할 수 있게 되면, 타인의 과잉반응에 대해서도 똑같이 타인의 아픔을 이해하고 안아줄 수가 있을 것이다. 다른 사람의 감정적 과잉행동에 대해서도 그것이 그 사람의 아픔 때문에 그런 것임을 알 수 있기 때문에 흥분하지 않고 그의 고통을 이해하고 위로할 수 있게 될 것이다. 그래서 "자신을 사랑할 수 없는 사람은 결코 남을 사랑할 수 없고, 자신을 사랑하는 만큼만 타인을 사랑할 수 있다."고 하는 것이다.

외로움은 자신에 대한 타인의 사랑으로 낫는 병이 아니라 스스로 자신과 타인에 대한 사랑을 키워나가면 저절로 치유될 수 있는 병이다. 우리 모두 조건 없는 사랑의 지혜를 배워 자신과 타인을 있는 그대로 사랑할 수 있기를 바란다. 그래야만 외롭지 않은 삶을 살 수가 있을 것이다!

상처에 대한 처방전

상처받아 마음이 아플 때
우리는 어떻게 대응하나요?

상처받아 마음이 아플 때
상처를 준 사람을 원망하지는 않았나요?

상처받아 마음이 아플 때
상처를 준 사람을 원망했더니
내 마음이 더 괴롭지 않던가요?

상처받아 마음이 아플 때

누군가 내 마음이 아픈 것을 알아주면
아픈 내 마음이 누그러지지 않던가요?

상처받아 마음이 아플 때
그 아픔을 가장 먼저 알 수 있는 사람은 자신입니다.
자신이 가장 먼저 아픈 마음을 안아줘야 합니다.

상처받아 마음이 아플 때
아픈 마음을 가장 잘 아는 사람은 자신입니다.
충분히 아파할 수 있도록 끝까지 따뜻하게 안아주세요.
"정말 많이 아프구나" 하고 함께 울어 주세요.

상처받아 마음이 아플 때
아픈 내 마음을 스스로 안아주세요.
남의 위로보다 자신의 위로가 더 확실하다는 걸 알게 될 거예요.

상처받아 마음이 아플 때
남의 위로를 기다릴 시간이 없습니다!

의도와 아픔

　서로 친한 두 사람이 있었다. 한 사람이 좋은 의도로 상대에게 말을 했는데, 상대는 그 말이 자신을 지적하고 공격하는 것으로 느껴져서 마음이 아팠다. 결국 두 사람은 서로 말다툼을 하게 되었다. 상대는 말을 한 사람에게 "나한테 어떻게 그런 식으로 말을 할 수가 있느냐? 정말 화나고 속상하다!"고 따졌다. 말을 한 사람은 상대에게 "나는 너를 위해서 한 말인데, 왜 내 말을 왜곡해서 받아들이냐? 너는 참으로 속 좁고 못난 사람이다!"고 대꾸했다. 상대는 다시 "그래도 그렇지! 왜! 그렇게 오해의 소지가 있는 말을 했냐!"고 따져 물었다. 그들은 서로에 대한 서운함 때문에 오랫동안 소원하게 지낼 수밖에 없었다.

　위에서 두 사람의 관계는 왜 엉망이 되었을까? 두 사람 모두 각자가 받아들여야 할 너무나 명백한 사실을 받아들이지 않고 거부하면서 상대를 공격했기 때문에 관계가 엉망이 된 것이다. 우선 상대방은 말한 사람이 좋은 의도로 말을 했다는 말을 들었으면, '좋은 의도로 말했다'는 명백한 사실을 받아들이고 "오해해서 미안하다. 고맙다."고 말을 했어야 한다. 그러나 그는 이를 거부하고 "그래도 그렇지! 왜! 그렇게 오해의 소지가 있는 말을 했냐!"고 대응했다. 또한 말한 사람은 상대가 '자신을 지적하고 공격하는 것으로 받아들였으니 많이 속상하고 화가 났다'는 사실을 받아들이고 "그렇게 받아들여 속상하고 화가 났구나! 이해한다."고 말을 했어야 한다. 그러나 그는 이를 거부하면서 "내 말을 왜곡해서 받아들이는 너는 참으로 속 좁고 못난 사람이다!"고 했다.

상대의 심정을 있는 그대로 존중하고 이해했어야 하는데, 옳고 그름의 문제로 여기고 서로에게 책임을 전가하면서 따지고 싸웠기 때문에 관계가 엉망이 된 것이다. 이러한 모습은 우리들이 흔히 저지르는 실수이고, 우리의 일상적 모습이기도 하다. 우리들이 일상적으로 하는 대화에서 가장 중요한 것은 말하는 사람의 좋은 마음과 듣는 사람의 아픔을 있는 그대로 인정하고 받아들여 주는 것이다. 그것이 바로 대화에서의 배려와 사랑이며 진정한 소통과 공감을 이루기 위해 꼭 필요한 것이다.

하나, 사랑, 행복

누군가와 함께 있는데
마음이 하나가 되었다면
그것을 사랑이고 행복이라 불러주세요!

누군가와 함께 있어도
마음이 여전히 둘이라면
그것은 미움이고, 불행이라 불러주세요!

하나는 사랑이고 행복입니다.

둘은 외로움이고 불행입니다.

삶을
내 마음대로 할 수 있는가!

우리는 살아가면서
행복을 느끼기도 하고
불행을 느끼기도 하지요.

행복은 만족과 친구이고
불행은 불만족과 단짝입니다.

만족은 삶을 그대로 수용하는 것이고
불만족은 삶을 자기 생각대로 만들려고 하는 것이지요.

자기 생각대로 삶을 만들어 보겠다는 사람은
불만족과 친구가 되어 불행의 늪에서 놀아야 한데요.

삶을 자기 생각대로 끌고 가려는 사람은
그냥 부는 바람도!
그냥 내리는 비와 눈도!
규칙적으로 바뀌는 신호등도!
너무나 쉽게 그를 괴롭히고 말 거예요.

삶을 자기 생각대로 하려는 생각을 포기하고
삶의 흐름에 자신을 맡길 수 있다면
그 무엇도 그를 괴롭힐 수 없습니다.

삶을 자기 생각대로 하려고 하면
자기 생각은 옳은 것, 삶은 그른 것이 되고 말지요.
이것이 불만족이고 불행입니다.

자기 고집을 내려놓고
삶에 저항하지 않을 때
괴로움과 불행이라는 악마는 사라집니다.

배신행위와 배신감은
별개다

그동안
배신감을 느낄 때마다
배신행위 때문이라 여기고
배신행위를 한 사람을 미워했지요.

이제는
배신행위와 배신감은
별개임을 알았네요.

배신감은

상대의 배신행위 때문에 생긴 것이 아니고
내가 대가를 바라기 때문에 느끼는 고통의 감정입니다!

배신행위를 하는 사람은
배신하는 나쁜 마음으로 인해
외로움이라는 고통을 받고,

배신감을 느끼는 사람은
대가를 바라는 부족한 마음으로 인해
서운함이라는 고통을 받게 되는 거네요.

남 탓도 아니고,
내 탓도 아니다

우리는 흔히 남 탓하는 것은 잘못이고 내 탓으로 여기는 것은 미덕이라고 생각한다. 남 탓하는 사람은 인격이 부족한 사람이고 내 탓으로 여길 수 있는 사람은 훌륭한 인격을 가진 사람이라고 생각한다.

남 탓은 원망심에서 비롯되고 내 탓은 자책감에서 비롯된다. 원망의 뿌리는 열등감과 수치심이고 자책의 바탕은 자만심이다. 남 탓하는 원망심도 괴로움이고, 내 탓으로 돌리는 자책감 역시 괴로움이다. 원망과 자책 모두 행복한 삶을 방해하기 때문에 그 원인을 정확히 파악하고 대처함으로써 남 탓도 하지 않고 내 탓도 하지 않는 행복한 삶을 살아야 한다.

우리가 진정으로 행복하기 위해서는 남 탓하는 원망심도 없어야 하고, 내 탓으로 돌리는 자책감도 없어야 한다. 우리가 행복한 삶을 살기 위해서는 자신과 타인을 있는 그대로 존중해야 하는데, 원망심이나 자책감 모두 자신과 타인을 있는 그대로 존중하는 마음이 아니어서 행복한 삶을 방해한다. 그러니 남 탓뿐만 아니라 내 탓도 잘못된 삶의 태도다.

행복한 삶을 살기 위해서는 자신의 고통을 잘 살펴보고 따뜻하게 안아줘야 한다. 남 탓하는 원망심과 내 탓으로 돌리는 자책감은 모두 다 고통스러워하는 자신을 제대로 보살피지는 않는 것이다. 자신의 고통은 돌보지 않고 자신의 고통을 야기한 책임이 남에게 있느냐 자기에게 있느냐를 따지는 것이다. 물론 남 탓하는 원망심보다는 내 탓으로 돌리는 자책감이 덜 괴로울지는 모르겠다. 그러나 마음이 고통스러울 때마다 원망하고 자책한다면 우리의 삶은 행복해질 수 없다. 마음이 고통스러울 때에는 그 아픔을 차분히 지켜보고 스스로 위로해주어야 한다. 아픔을 지켜보면서 자신이 어떠한 기대를 하였고, 그 기대가 어떻게 방해받고 좌절되었으며, 그로 인해 얼마나 고통스러웠는지 그 과정을 이해해야 한다.

자신의 고통을 스스로 지켜보고 위로해주지 않으면 그 고통이 원망심과 자책감으로 이어지게 되어 우리의 행복한 삶을 방해한다. 자책도 하지 않고 원망도 하지 않는 행복한 삶을 살기 바란다.

선행과 후회

우리는 살아가면서 많든 적든 남에게 선행이나 봉사를 한다. 그런데 좋은 일을 하고 나서 그것을 자랑하기도 하고, 알아주지 않는다고 불만하고, 은혜를 원수로 갚는다고 화를 내기도 하고, 하지 않아도 될 봉사를 속아서 했다고 원망하기도 한다. 선행을 하고 나서 후회를 하지만 대부분 기회가 되면 다시 선행을 한다.

우리가 선행하고 나서 후회하게 되는 이유는 무엇일까? 또 후회를 한 후 다시 선행을 하는 이유는 무엇일까?

선행을 하는 모습을 보면 상대를 사랑하는 마음이 없이 의무감으로 선행을 하는 경우도 있고, 상대를 사랑하는 마음으로 선행자체를 즐기면서 하는 경우가 있다. 상대를 사랑하는 마음 없이 의무감 때문에 이성과 의지로서 선행과 봉사를 하는 것은 선행 자체가 즐거움이 아니라 힘겨운 일이다. 그러한 사람은 남이 그것을 알아주기 전에는 행복할 수 없고, 남이 알아주는 것에서 기쁨을 찾고자 하기 때문에 자랑할 준비를 한다. 사진 촬영도 하고 보도 자료도 준비한다. 남이 알아주지 않으면 서운하고 화가 난다. 선행과 봉사를 한 후 후회하는 경험을 몇 번 하게 되면 돕고 싶은 마음이 생겨도 후회할까 봐 두려워서 돕고 싶은 마음을 꾹꾹 누르게 된다. 심지어 "왜 돕지 않느냐?"고 묻지도 않았는데 스스로 굳이 돕지 말아야 하는 이유를 대기도 한다. 상대를 사랑하는 마음으로 선행과 봉사를 하면 그 자체가 즐거움이고 행복이다. 이는 사랑의 실천으로서 선행을 하는 것이다. 스스로 봉사하고 싶어서 즐거운 마음으로 하기 때문에 남에게 그 사실을 알리고 자랑하는 것이 이상하다. 자랑하기 위해 사진 촬영을 하거나 기자들이 취재하는 것이 오히려 불편하게 느껴질 수 있다. 남이 알아주지 않아도 전혀 문제가 되지 않는다.

이런 이야기가 있다. 어떤 사람이 물에 빠진 어린아이를 발견하고 물에 뛰어들어 아이를 구했다. 자신의 그러한 용기 있는 행동을 생각하며 뿌듯해 하였다. 그런데 그 아이의 부모가 119와 함께 와서는 고맙다는 말을 안 하고 급히 갔다. 그러자 아이를 구했던 사람의 마음에 불편한 마음이 생겼고, 괜한 짓을 했다고 후회를 했다. 이 경우 무엇이 잘못되어 이러한 결과가 생긴 것일까? 쉽게 생각하면 아이의 부모가 고맙다는 말을 하지 않고 간 것이 잘못이라고 할 것이다. 정말 그럴까? 만약 이 생각이 옳다면 우리는 아이가 물에 빠져 목숨이 위태로운 상황에서도 물에 뛰어들까 말까 고민해야 할 것이다.

아이의 목숨을 구하기 위해 물에 뛰어들 때 나중에 부모로부터 인사받아야지 하고 물에 뛰어든 것은 분명히 아니다. 그래서 마음이 뿌듯했던 것이다. 그런데 아이의 부모가 나타났을 때 아이를 구한 사람의 마음에 "아이 부모로부터 고맙다는 인사가 있겠지. 내가 그걸 바라고 한 일은 아니지만 아이의 부모가 고맙다고 해야 하는 건 당연한 거야."라는 기대와 확신이 들었을 것이다. 그러한 기대와 확신이 생겼는데 그 부모들이 그냥 가버리면서 그러한 기대와 확신은 무너졌고 아이를 구한 사람의 마음이 불편해진 것이다.

이 경우 아이를 구한 사람의 마음이 불편해진 건 아이 부모들이 고맙다는 인사를 하지 않고 가버렸기 때문이라고 생각하는 것이 일반적이다. 누가 보더라도 아이 부모가 잘못한 것이니 그 사람이 아이 부모를 욕하고 화를 낸다고 해도 잘못된 것은 아니라고 생각한다. 그러나 그 사람이 처음에 아이 부모로부터 고맙다는 얘기를 들으려고 아이를 구한 게 아니었다면 아이 부모가 고맙다는 인사 없이 그냥 갔더라도 불편한 마음이 생길 이유가 없다. 아이를 구한 선행에 대해 부모가 고맙다는 인사를 하지 않아서 마음이 불편해진 것이 아니라, 나중에 아이 부모를 보는 순간 고맙다는 인사를 듣고 싶은 기대가 생겼고 그 기대가 무너지자 마음이 불편해졌던 것이다.

우리는 마음이 불편해질 때마다 그 원인을 남에게 돌리고 싶은 욕구나 습관이 있고, 이를 충족시키기 위해 남의 행위에 대한 잘못된 점을 찾아낸다. 그러고는 잘못된 행위 때문에 마음이 불편해진 것이라고 판단하고 지적(원망)한다.

이를테면 우리가 누군가와 약속을 하고, 약속장소에 나갔는데 상대방이 약속시간이 지나도록 전화도 없이 늦는다면 마음이 불편해진다. 이때 상대가 약속을 어겼기 때문에 우리의 마음이 불편해진 것이라고 생각한다. 그러나 상대방이 교통사고로 다치거나 사망해서 약속을 지킬 수가 없었다면 상대방이 약속을 지키지 못한 것이 잘못된 행동은 아닐 것이다. 그러나 약속시간이 지나도록 상대방이 도착하지 않았을 때 우리는 상대방이 교통사고라도 나서 나올 수 없는 경우는 전혀 고려하지 않는다. 그래서 상대방이 습관적으로 약속을 어긴다거나 늦으면 늦는다고 전화라도 해야지 전화도 하지 않는다고 생각하면서 불편한 마음을 만들거나 유지하는 것이다. 만약 비록 약속시간이 지났더라도 '혹시 교통사고라도 난 것은 아닐까?'라고 생각한다면 상대방에 대한 원망심은 들지 않을 것이고, 오히려 상대에 대한 걱정하는 마음 때문에 먼저 전화라도 하고 싶을 것이다.

여기서 물에 빠진 아이를 구한 예로 다시 돌아가 보자. 잠시 후 119차량이 돌아왔고 아이 부모들이 내려서는 "아이가 걱정이 되어 급히 서두르다 보니 고맙다는 인사도 못 드리고 가서 다시 돌아왔다. 정말 고맙다. 은혜를 어떻게 갚아야 할지 모르겠다. 사례라도 하고 싶다."고 한다. 아이를 구한 사람의 마음이 불편해진 건 아이 부모들이 고맙다는 인사를 하지 않고 가버렸기 때문이라는 우리의 생각은 더 이상 유지될 수 없는 것이 아닌가?

좋은 일을 하려면 상대를 사랑하는 마음으로 대가를 바라지 말고 해야 할 것이고, 그 후에도 그에 따른 보답이나 인사를 받고 싶어 하는지를 스스로 잘 살펴야 할 것이다. 그래야만 선행과 봉사를 하고 실망하거나 후회하지 않을 수 있다. 처음부터 끝까지 대가나 인사를 바라지 않고 상대를 사랑하는 마음으로만 선행과 봉사를 함으로써 맘껏 행복한 삶을 누리길 바란다.

선행의 방식

우리는 도움을 주기도 하고 도움을 받기도 한다. 우리가 누군가를 도우려 할 때 그가 원하는 방식대로 돕는가? 아니면 내가 원하는 방식대로 돕는가? 우리는 도움을 받은 때는 자신의 방식대로 도움을 받기를 바라고, 도움을 줄 때도 자신의 방식대로 도움을 주고 싶어 한다.

우리의 도움이 상대방에게 진정한 도움이 되려면 그가 원하는 방식으로 도와야 한다. 그런데 나는 그동안 내가 원하는 방식대로 도왔던 것 같다. 다른 한편 내가 누군가의 도움이 필요할 때 그가 원하는 방식대로 도움을 받게 되면 도움이 되었더라도 고마운 마음이 들지 않았다.

우리는 너무나도 자주 우리의 방식대로 도와주고 그가 고맙다

말하지 않으면 배신감을 느끼고 원망도 하고 때로는 화도 낸다. 사실은 내가 원하는 방식대로 상대를 돕게 되면 그에게 도움이 안 되었을 수도 있고, 조금 도움이 되더라도 고마운 마음이 들지 않을 수 있는 것인데도 말이다.

또 남을 도와줄 때 가장 중요한 것은 정성스런 마음과 사랑하는 마음인데 우리는 이것저것 다 따져보고 적당히 도와주고는 상대방이 고마워하지 않는다고 불평불만을 한다. 정성도 부족하고 사랑도 부족하게 적당히 자기방식대로 도와주니까 도움받는 사람도 마음이 찜찜하고 불쾌해서 고마운 마음이 안 드는 것이다.

이제 누군가를 도우려 할 때 내 방식이 아니라 그가 원하는 방식에 따라 돕고, 적당히 돕는 것이 아니라 정성과 사랑을 다해서 도와야 하겠다. 그래야 도움을 통한 소통과 공감이 제대로 이루어져 그에게도 도움이 되고 나에게도 도움이 되리라 생각한다.

생각

,

기준을 갖는다는 것

우리는 나이가 늘어감에 따라 지식도 많아지고 경험도 늘어난다. 상식적으로 볼 때 지식이 많아지고 경험이 늘어갈수록 우리의 사고는 유연해져서 마음이 더 넓어져야 할 것이다. 그러나 현실은 그렇지 않고 정반대다. 나이를 더 많이 먹어갈수록 우리의 생각은 점점 더 경직되어 고집이 늘고, 마음도 좁아져서 쉽게 상처받는다.

우리의 지식과 경험이 늘어 갈수록 우리의 사고가 더 유연해지는 것이 아니라 점점 더 경직되는 이유는 무엇일까? 우리가 나이를 먹을수록 이해하는 마음이 넓어지는 것이 아니라 좁아지는 이유는 무엇일까? 도대체 지식과 경험이라는 것은 우리 삶에 어떤 역할을 하는 것일까?

우리는 일정한 기준을 가지고 살아간다. 살아가면서 판단을 해야 하기 때문에 기준을 마련하게 되는 것이다. 우리는 각자가 가지고 있는 기준에 따라 옳고 그른 것을 구별하여 옳은 것은 좋아하고 지지하지만 틀린 것은 싫어하고 배척한다.

이처럼 우리는 늘 기준을 가지고 판단하면서 살아가고, 지식과 경험이 늘어감에 따라 우리의 기준은 더 확실한 것으로 교체되기도 하고, 교체되지 않고 유지된 기준은 더욱 확실한 기준이 된다. 이처럼 우리가 나이 들면서 우리의 기준은 더욱 확고해진다. 판단의 기초로 삼는 우리의 기준이 더욱 확고해진다는 것은 그 기준을 사용한 판단결과에 대한 믿음이 점점 더 강해진다는 것을 의미한다.

나이를 먹어가면서 지식을 늘리든 경험을 늘리든 우리의 판단기준을 더욱 더 확고하게 만들기 때문에 우리의 사고는 점점 더 경직되고 우리의 아량은 더욱 더 부족해지는 것이다.

따라서 지식과 경험이 우리의 삶의 기준을 더 확고하게 만들지 않도록 유념하지 않으면, 우리는 나이가 들어갈수록 자기 고집이 세지고 그에 따라 남에 대한 이해심도 부족해질 수밖에 없다. 그렇게 되면 타인과의 관계가 즐거움이 아니라 괴로움이 될 것이다.

우린 정신 똑바로 차리고 나이를 먹어야 한다.

일체유심조의 진정한 의미

　　신라 시대의 원효대사께서 불법을 공부하기 위해 중국 당나라로 유학을 가는 길이었다. 날이 저물어 잠자리를 찾던 중 어느 동굴을 발견하고 들어가 잠을 자다가 목이 말라 잠결에 물을 찾아 마셨는데, 다음날 일어나보니 그곳은 동굴이 아니라 무덤이었고, 잠결에 달게 마셨던 물은 해골바가지에 고인 물이었다. 그 사실을 알고 원효대사는 구역질이 났고, 그 순간 원효대사는 크게 깨닫고는 불법을 찾아 멀리 당나라까지 갈 필요가 없다고 판단하여 당나라로 향하던 발걸음을 다시 돌려 신라로 돌아왔다.

　　이때 원효대사께서 크게 깨닫고 설파하신 내용이 바로 '일체유심조一切唯心造'이다. 그런데 원효대사께서 말씀하신 '일체유심조'의 의미를 보통 '모든 것은 마음먹기에 달려 있다. 따라서 긍정적으로 생각하며 살아야 한다'고 이해하고 있다.

그러나 원효대사께서 말씀하신 '일체유심조'의 진정한 의미는 '모든 것은 마음먹기에 달렸으니 긍정적으로 생각하며 살라!'는 뜻이 아니라, '생각과 마음이 세상을 만들어낸다. 우리는 실제로 존재하는 진짜 세상을 사는 것이 아니라 생각이 만들어 낸 가짜 세상을 진짜 세상이라고 착각하며 살아가고 있다. 그러니 생각이 만든 가짜 세상을 살지 말고 진짜 세상을 살아야 한다'는 의미이다.

원효대사의 일화는 진짜 세상이 아니라 생각이 만들어 낸 가짜 세상을 우리가 살아가고 있음을 보여주고 있다. 물론 원효대사의 일화에서 해골바가지를 해골바가지인 줄 몰라서 거기에 담길 물을 마실 수 있었으니 긍정적인 거 아니냐고 주장할 수 있지만, 만약 눈으로 해골바가지를 보면서 아무리 해골바가지가 아니라고 마음먹어본 들 해골바가지를 해골바가지가 아니라고 마음이 먹어지겠는가!

우리는 생각에 빠지면 진실도 안 들리고 안 보이는 법이다. 산에 올라갈 때 이런저런 고민에 빠져 바로 옆에 흐르는 계곡 물소리가 안 들리다가 정상에 오른 후 마음이 후련해져서 내려올 때는 계곡 물소리가 시원하게 들리지 않던가! 늘 다니던 길에서 마치 처음 보는 듯한 오래된 건물을 발견할 때가 있지 않은가!

사실과 생각 중에서 어느 것이 더 중요할까? 대부분의 사람은 조금도 망설임도 없이 "당연히 생각보단 사실이 중요하지!"라고 말할 것이다.

그러나 현실을 보면 이러한 대답과는 달리 우리는 사실보다 생각을 더 중요하게 여기면서 살아가고 있다. 더 정확히 말하자면 우리는 생각을 사실이라고 믿고서 살아가고 있다.

이런 이야기가 있다. 깜깜한 밤중에 산에서 길을 잃은 사람이 맹수에게 쫓기다가 절벽에서 떨어졌다. 다행히 절벽에 나 있던 나뭇가지를 붙잡았고, 떨어지면 죽는다고 생각하여 밤새도록 죽을 힘을 다해 매달려 있었다. 그런데 동이 틀 무렵 아래를 내려다보니 바로 아래가 풀밭이었다. 이 이야기에서도 우리는 사실이 아니라 생각 속의 세상을 살아가고 있음을 보여주고 있다.

누군가 나에게 좋은 의도로 말을 했더라도 만약 나쁜 의도로 그 말을 했다고 내가 믿는다면 내 마음속에서는 그에 대한 서운함, 그에 대한 분노 등이 일어나게 된다. 왜냐하면, 나는 진실(그는 좋은 의도로 말을 했다)과 관계없이 생각이 만든 가짜 세상(그는 나쁜 의도로 말을 했다)을 살아가기 때문이다.

우리는 늘 생각하고 판단해서 내 생각과 판단이 틀림없이 맞을 거라고 확신하면서 행동하고 있음을 발견하게 되고, 거기에서 수많은 오해와 감정과 분쟁이 발생하고 있음을 어렵지 않게 알 수 있다. 우리 자신의 생각을 너무 믿지 않는 것이 좋다!

생각이라는 우물 ♯

우리는
아는 것도 있지만
모르는 것이 더 많지요.

우리는
우물 안의 개구리처럼
어리석은 삶을 살고 싶지는 않지요.

우리는
늘 생각하면서 살아가지요.

우리의 생각은
맞을 때도 있지만 틀릴 때도 많지요.

우리는 살아가면서
자신의 생각이 맞을 거라 확신하고
행동하는 경우가 대부분이지요.

자신의 생각이 맞을 거라는 확신은
다른 사람의 의견을 존중하지 못하게 하고
현상을 있는 그대로 보지 못하게도 하고
상대에 대한 서운함이나 분노를 일으키게도 하지요.

결국
내 생각이 옳다는 확신은
내 생각이라는 우물 속에
나와 상대를 가두는 어리석음입니다.

생각의 함정

어느 등산객이 하산 길에 계곡의 시원한 물소리를 듣고서 이상하게 생각했다. 왜냐하면, 올라가던 길로 다시 내려왔는데 이렇게 크게 들리는 계곡 물소리가 올라갈 때는 왜 안 들렸는지 이해할 수 없었기 때문이다. 산을 오를 때에는 이런저런 고민에 빠져서 계곡 물소리가 안 들렸는데 내려올 때는 마음이 편해져서 계곡 물소리가 들렸던 것이다. 하산 길에는 계곡 물소리 외에도 새소리, 바람 소리, 사람들 얘기하는 소리도 잘 들렸고, 소리뿐만 아니라 나뭇가지 하나하나, 날벌레 하나하나, 사람들 모습 하나하나가 차분하고 또렷이 보였다. 생각에 빠지면 분명히 존재하는 것도 들리지 않고, 안보일 뿐만 아니라 상대의 좋은 마음과 안타까운 사정도 보이지 않는다. 자기 생각의 함정에서 벗어나야 있는 그대로의 세상도 즐길 수 있고, 상대의 좋은 마음과 안타까운 사정도 이해할 수 있는 것이다.

생각 믿지 않기

얼마 전 유원지에 있는 작은 호수에서 보트를 타고 놀던 사람이 보트가 뒤집혀 한참 동안 필사적으로 허우적거리고 있었고 주위 사람들도 안타깝게 지켜보고 있었다. 그때 안전요원이 오더니 큰 소리로 "물이 안 깊어요! 그냥 걸어 나오세요!"라고 하였고, 필사적으로 허우적거리던 그 사람은 그 말을 듣고 그냥 걸어 나왔다. 물에 빠져 허우적거리던 사람은 멋쩍어했고, 그 상황을 안타까운 심정으로 바라보던 사람들은 어이가 없어 웃고 말았다. 크게 대수롭지 않은 경험이라고 생각할 수도 있으나, 나는 그때 "자기 생각에 확신을 가지면 진실에 어긋나는 삶을 살게 되는구나!"하는 것을 배웠다.

서로 친한 친구인 두 사람이 만나기로 약속을 했다. 한 사람은 약속시간 전에 약속장소에 도착했는데, 평소에 습관적으로 약속시간을 지키지 않는 사람은 그날도 약속시간이 지나도록 약속장소에 나타나지 않았다. 먼저 약속장소에 도착해서 상대를 기다리던 사람은 '이 친구 오늘도 약속시간을 지키지 않는다'고 생각했다. 시간이 흐르면서 화가 더 치밀었고 전화도 안 하고 씩씩거리며 30분을 더 기다리다가 집으로 돌아갔다. 다음 날 약속을 어긴 친구의 부인으로부터 전화가 왔다. 약속을 어긴 친구가 어제 누군가를 만나러 가다가 교통사고가 나서 사망했다고 한다. 그 부인이 한 마디 더한다. 오늘도 약속시간 늦으면 그 사람이 크게 서운할 거라고 하면서 일찍 출발했다고... 이 말은 들은 친구의 눈에는 한없이 눈물이 흘러내렸다.

와전된 말을 믿고서 누군가를 미워하기도 하고, 강아지 때문에 앞차가 못 가고 있는 사실을 모르고 경적을 빵빵 울려대기도 한다. 엄밀히 말하면 우리가 직접 경험하여 알고 있는 사실은 별로 없다. 대부분 책이나 남으로부터 들어서 믿고 싶은 얘기들이나 인터넷에서 검색한 정보들을 잘 조합하고 거기에 자기의 생각과 추론을 보태서 우리의 의견과 견해를 만든다. 그런 다음, 내 견해가 마치 사실인 것처럼 확신을 가지고 남을 설득하거나 강요하고, 남이 동의하면 좋아하고 거부하면 싫어한다. 불쾌할지 모르지만 이것이 우리의 모습이다.

우리들이 직접 경험한 것만이 진실이다. 그래서 백문불여일견이라 하고, 천사불여일행이라 한다. 백 번 듣는 것이 한 번 보는 것보다 못하고, 천 번 생각하는 것이 한 번 행동하는 것보다 못하다!

우리는 보고 들은 순수한 경험을 습관적으로 해석하지만 그 해석은 진실이 아니고 가짜다. 그 해석을 진실이라고 확신할 때 기쁨, 짜증, 분노 등의 감정이 일어나고 그러한 감정 때문에 대인관계에서 복잡한 문제가 발생한다.

자신의 생각을 너무 과신하지 마라!

心如水

흔히 우리의 마음을 물에 비유하여,
마음이 물과 같다心如水고 한다.

물은 정해진 모양이 없다.
물은 그것이 담기는 그릇 모양을 그대로 보여주고,
또 물은 바람을 만나면 물결이 된다.

마음 역시 정해진 모습이 없고,
우리가 경험하는 것에 따라 그것을 그대로 담아낸다.

마음이 물과 같이 자연스럽게 흐를 때

기쁨과 행복을 느낄 수 있고,

마음이 물처럼 자연스럽게 흐르지 못할 때
고통과 괴로움을 느끼게 된다.

마음이 물처럼 자연스럽게 흐르는 것을 방해하는 것이
바로 자기 생각과 자기 고집이다.

자기 생각을 고집하지 않을 수 있을 때
마음이 물처럼 자연스러워져 내면의 평화를 만날 수 있다.

생각으로 살 것인가?
느낌으로 살 것인가?

　우리 모두 행복하게 살고 싶다. 행복하게 살려면 현재를 살아야 한다. 지금에 집중하고 이 순간을 살아야 한다. 현재를 산다는 것은 지금 이 순간을 느끼면서 사는 것을 의미한다.

　우리들 대부분은 어제, 오늘, 내일이 분명히 존재한다고 믿고 있다. 그러나 존재하는 것은 지금 이 순간뿐이고, 어제, 오늘, 내일은 존재하지 않는다. 우리는 "과거나 미래보다 현재가 가장 중요하니 현재를 살아야 한다."고 말하면 쉽게 동의한다. 그러나 "과거와 미래는 없다. 존재하는 것은 현재밖에 없다. 따라서 현재를 살아야 한다."고 얘기하면 고개를 갸우뚱하면서 쉽게 믿지 않는다. 그러나 과거와 미래는 우리의 생각 속에만 존재할 뿐 실제로는 존재하지 않는다는 것은 사실이다!

이 말의 중요한 의미는, 우리가 과거와 미래가 존재한다고 믿더라도 우리는 존재하지 않는 과거나 미래를 살 수는 없고 어쩔 수 없이 현재를 살 수밖에 없다. 다만 우리가 선택하고 결정할 수 있는 것은 현재를 살아가는 태도 또는 현재를 채우는 내용만 우리가 선택할 수 있다는 것이다. 즉, 어제를 후회하며 '지금'을 살 것인가! 내일을 걱정하며 '지금'을 살 것인가! 아무도 의식하지 않고 미친 듯이 춤을 추며 오로지 이 순간을 위하여 '지금'을 살 것인가! 하는 것을 우리가 결정할 수 있을 뿐이다.

세계적인 과학자 아인슈타인도 친구의 장례식에서 다음과 같이 말했다고 한다. "과학자인 나는 과거와 미래는 존재하지 않고 현재만 존재한다는 것을 잘 알고 있지만, 과학자가 아닌 내 친구는 과거와 미래가 있다고 우기는 이 세상에서, 자신도 그렇게 믿고 살다가 떠났다"라고...

세계적인 대문호 톨스토이 역시 임종을 앞둔 시기에 기자들이 찾아가 "살면서 가장 중요한 때는 언제였고 가장 소중한 사람은 누구입니까?"라고 질문하자 이렇게 답변했다고 한다. "지금이 가장 중요하고 당신이 가장 소중하다!"라고...

어제에 대한 후회, 내일에 대한 걱정과 같이 생각이라는 것은 과거와 미래로부터 오는 것이다. 지금과 현재는 생각하는 게 아니라 느끼는 것이다. 현재 또는 지금 이 순간을 사는 데는 생각이 필요 없다. 생각을 많이 하며 살아가는 태도는 현재와 지금 이 순간을 사는 방법이 아니라 지금 이 순간에 존재하지 않는 과거와 미래를 떠올리며 아까운 내 인생을 허비하는 삶의 방식이다.

후회와 반성은 생각이고 판단이다. 후회와 반성은 지금 이 순간 존재하는 현재를 무시하거나 회피하고 이미 사라지고 없는 어제 있었던 일을 떠올리면서 자신을 학대하는 것이다. 살다 보면 어쩔 수 없이 어제의 후회스러운 일이 떠오를 때가 많이 있다. 이때에는 후회와 반성으로 자신을 학대하면서 지금을 보낼 것이 아니라 어제의 일을 생각하며 괴로워하고 있는 자신의 고통을 충분히 아파하고, 이해하고, 다정하게 안아주면서 이 순간을 사는 것이 지혜로운 태도다.

걱정과 불안 역시 생각이고 판단이다. 걱정과 불안은 지금 이 순간 존재하는 것에 집중하지 못하고 아직 오지도 않았고, 또 발생할지 발생하지 않을지 알 수 없는 내일 할 일을 상상하면서 자신을 괴롭히고 학대하는 태도다. 살아가다 보면 부득이 내일을 계획해야 하는 경우도 많이 있다. 그러한 경우에는 걱정과 불안으로 자신을 괴롭히면서 지금 이 순간을 채울 것이 아니라, 내일 할 일을 걱정하고 불안해하는 자신의 아픔을 충분히 느끼고, 이해하고, 안아주면서 지금 이 순간을 채우는 것이 지혜로운 선택이다.

이처럼 어제 한 일을 후회하고 반성하거나 내일 할 일을 걱정하고 불안해하는 태도가 바로 생각으로 살아가는 삶의 태도이며, 후회스러운 일이나 걱정스러운 일이 생각날 때마다 후회와 걱정으로 고통스러워하는 자신의 아픔을 충분히 느끼고 이해하고 안아주면서 살아가는 방식이 느낌에 충실하면서 살아가는 삶의 태도이다. 후자가 지혜로운 삶의 태도다.

행복한 삶을 원한다면
지금 이 순간에 집중하라!
지금 이 순간을 느껴라!
지금 이 순간의 기쁨을 마음껏 즐거워하라!
지금 이 순간의 고통을 충분히 아파하라!

견해를 버리고 사랑을 취하라!

우리는 다른 사람과 좋은 관계를 갖고 싶다. 다른 사람과 좋은 관계를 맺고 유지하기 위해서는 상대를 있는 그대로 인정하고 존중하는 것이 필요하다는 것을 잘 알지만 실천이 잘 안 된다. 아는데 실천이 안 되는 이유는 무엇 때문일까?

우리는 보통 내 생각과 내 견해를 가지고 사람을 만난다. 내 견해를 가지고 사람을 만나는 것은 관계에 장벽을 만들게 한다. 내 견해에 맞는 것은 좋아하고, 맞지 않으면 싫어하는 것이다. 그렇기 때문에 많은 사람을 만나고 많은 말을 하지만 배려도 안 되고, 소통과 공감도 안 되니 우리는 외로움을 느낄 수밖에 없다. 상대를 있는 그대로 존중할 수 없는 이유는 내 견해를 가지고 상대의 행동과 생각을 이해하려고 하기 때문이다. 그렇다고 내 생각과 견해 없이 타인과 만나는 것은 어렵다. 중요한 것은 타인과 대화를 하다가 소통이 안 되고 배려하는 마음과 사랑하는 마음이 부족해질 때에 우리 스스로 자신의 견해를 고집하고 있음을 알아야 한다. 또한, 여기서 한 걸음 더 나아가 우리는 상대가 자기 견해를 받아들이는 것을 통해 자신에 대한 상대의 인정과 사랑을 확인하려고 한다는 것도 이해해야 한다. 그렇게 되면 자기 고집을 벗어나 상대의 심정을 이해할 수 있는 마음의 여유도 생긴다. 상대의 심정을 이해할 수 있기 때문에 소통과 공감이 잘 되어 대인관계가 원만해진다.

상대가 우리 자신의 견해를 받아들이는 것을 통해 상대의 인정과 사랑을 확인하고자 하지만, 서로 그러한 방식으로 자기 고집을 부리기 때문에 대화는 언쟁으로 이어지는 경우가 많다. 그리고 자신에 대한 상대의 인정과 사랑을 받을 수 있는 가장 확실한 방법은 자신이 먼저 상대를 인정하고 사랑하는 것이다. 결코, 자기 고집이라는 방식을 통해 자신에 대한 상대의 인정과 사랑을 받을 수 없다.

내 견해를 가지고 사람을 만날 것이 아니라 오히려 내 견해를 버리고 사랑과 측은지심을 가지고 사람을 만나게 되면 상대를 있는 그대로 존중할 수 있고, 결국 상대도 나를 좋아하게 될 것이다. 세상에서 가장 어려운 것이 극기克己라고 한다. 극기는 자신을

이기는 것인데, 영어로는 self-denial이라고 표현하고 '자기부정'
이라는 뜻이다. 결국, 자기 견해와 자기 고집을 버리고 사람을 만
나는 것이 극기의 용기이고 최고의 사랑을 실천할 수 있는 지혜가
될 것이다. 자기 견해를 완전히 버릴 수 있는 사람은 조건 없는 사
랑과 대상 없는 사랑을 할 수 있을 것이다.

화

화의 뿌리

길을 걷다가 하늘에서 물이 떨어져 옷이 많이 젖었다. 위를 쳐다보니 소나기가 내린다. 잠시 가던 길을 멈추고 비를 피할 곳을 찾아 피했다가 비가 그치기를 기다려 다시 걸어간다.

길을 걷는데 하늘에서 물이 떨어져 옷이 많이 젖었다. 위를 쳐다보니 누군가가 건물옥상 화단에 물을 주고 있는 것이 보인다. 옥상을 향해 큰 소리로 '그만하라'고 하는데 옥상에 있는 사람이 못 듣고 계속 물을 뿌린다. 옥상으로 올라가 한바탕 싸운다.

하늘에서 떨어지는 물방울이라는 드러난 현상은 같은데 하늘이 내린 비에 대해서는 받아들이고 사람이 내린 물에 대해서는 욕하고 저항한다. 왜 그럴까?

우선 길을 걸어가는데 위에서 물이 떨어져 옷이 많이 젖는다면 대체로 불편하다. 그 물을 뿌린 주체가 신이나 자연과 같이 도저히 저항할 수 없는 대상이면 불편해도 그냥 받아들인다. 그러나 사람이 물을 뿌려서 내 옷이 많이 젖었다면 그로부터 잘못했다는 소리를 듣고 싶어진다. 상대가 고분고분하게 잘못했다고 인정하고 용서를 구하지 않으면 그가 얼마나 잘못된 행동을 했는지를 설명하면서 마구 화를 낸다.

한편 물을 뿌린 사람이 조폭 두목이라면 겉으로 욕은 못하고 속으로 "오늘 재수 없는 날이네."하고 삭힌다. 물을 뿌린 사람이 친한 친구의 어머니였다면 그 순간 불편과 화는 사라지고 웃으면서 인사라도 드리고 싶을 것이다. 정반대로 가뭄에 비를 기다리는 농부가 길을 걷다가 하늘에서 물방울이 떨어지면 단비가 내리는가 싶어 기쁜 마음으로 하늘을 쳐다본다. 그런데 옥상 화단에 물을 주고 있는 사람을 발견하고 비가 오는 것이 아님을 안다면 실망할 것이다. 정반대의 모습이면서 똑같은 과정에 따른 우리의 다른 모습이 아닌가하고 생각한다. 결국, 화의 뿌리를 끝까지 찾아 들어가 보면 우리의 불편과 아픔을 만날 수 있으며, 또 그 불편과 아픔의 원인을 남에게 돌리고 싶은 우리의 욕망을 이해할 수 있다. 화의 원인은 고통과 아픔이다!

화에 대한 처방전

  세상에서 가장 쉬운 일은 화내는 것이라는 말이 있다. 우리는 화를 낼 수도 있고 참을 수도 있다고 쉽게 말을 하지만, 화가 치밀어 오르는데 화를 내지 않고 참는 것이 얼마나 어려운지는 조금만 생각해 보면 알 수 있다. 우리는 대체로 화내는 것과 웃는 것을 선택하지 못하고 화내고 싶을 땐 화내고 웃고 싶을 땐 웃는다. 그래서 화내는 것이 세상에서 가장 쉬운 일이라고 했는지 모른다.

  우리는 보통 화를 내는 것은 잘못이고 화를 참는 것은 미덕이라고 알고 있다. 그래서 우리는 화가 치밀어도 참고 억지 미소를 지으면서 살아간다. 그것은 감정노동이다. 물론 화가 나는 만큼 마음껏 화를 내며 사는 사람도 많이 있다. 입만 열면 불평불만 하는 사람이 그렇다.

화는! 내도 문제고 참아도 문제다. 화를 내면 사람을 잃어 대인관계가 엉망이 되고, 화를 참으면 화병이 되어 숨어 있던 화가 기회가 오면 한꺼번에 폭발한다. 참았던 화는 차곡차곡 쌓였다가 결국 자신과 가장 친하고 자신에게 대항할 수 없는 사랑하는 가족이나 친구 또는 부하 직원에게 폭발하는 경우가 보통이다. 밖에서는 인격적으로 훌륭한 사람이라고 평가받는 사람이 안에서는 짐승 같은 사람인 경우가 많다. 일단 화를 내게 되면 걷잡을 수가 없다. 대화를 하다가 상대의 말에 화가 나서 언쟁을 한다. 언쟁이 심해지자 도저히 참을 수가 없어 자리를 박차고 일어나 나왔지만 화는 계속 끓어오른다. 차를 타면서 문을 부서져라 세게 닫고는 운전을 시작한다. 차 안에는 상대방이 없는데도 속은 화 때문에 부글부글한다. 다른 차량이 끼어들기를 하자 차 창문을 내리고 심하고 거칠고 크게 욕을 해댄다. 우여곡절 끝에 집에 도착하자 부인이 반갑게 인사를 하는데 오히려 귀찮고 성가시다. 인사도 안 받고 자기 방으로 들어가면서 문을 쾅 닫는다. 시간도 지났고 상대는 멀리 있고 자기 혼자 방에 있는데도 화는 좀처럼 가라앉질 않는다.

언쟁을 한 상대와 헤어져 집에 돌아와 혼자 방에 있는데도 화가 가라앉질 않는 이유는 무엇인가? 우리는 마주앉은 상대방과 언쟁을 한다고 생각하지만, 사실은 내가 생각과 상상으로 만들어 낸 상대와 내면에서 싸우고 있는 것이다. 그렇기 때문에 언쟁을 하다가 상대와 헤어져 집에 돌아왔더라도 우리의 생각과 의식은 내가 생각으로 만들어 낸 상대방에게 집중되어 있어 계속 싸우고 있다. 마치 바로 앞에 있는 상대와 싸우는 것과 다르지 않다. 화는 계속 끓어올라 크게 화를 내고 싶은데도 아무 말을 못 하고 참고 있으니 화는 점점 더 증폭되는 것이다.

화가 날 때 상대를 바라보고 상대에게 집중하면 화는 증폭된다. 화가 날 때 상대방이 아니라 화가 치밀어 괴로워하는 나를 가만히 바라볼 수 있어야 한다. 너무나 고통스러워서 상대방을 공격해서라도 그 고통을 피하고 싶어 하는 나를 차분하게 바라보고 따뜻하게 안아줄 수 있어야 한다. 화가 치밀어 오를 때마다 자신의 아픔을 바라볼 수 있어야 화를 내지 않을 수 있고 화를 참지 않아도 된다.

화를 내는 것이나 화를 참는 것이나 모두 다 화의 원인인 자신의 아픔을 무시하고 억압하는 것이다. 화의 원인인 자신의 아픔을 분명히 알아차리고 다정하게 안아주어야 한다. 화의 원인이 되는 자신의 아픔을 충분히 이해하고 위로해줄 수 있으면 '화'라고 하는 악마는 저절로 사라진다! 자극받아 마음이 고통스러울 때 그 고통을 놓치지 않고 직시해서 충분히 아파하고 그러한 자신을 안아주어야 한다. 자극받아 마음이 고통스러울 때 그 고통을 보지 못하고 놓친다면 그 자극에 대한 공격을 위해 명분을 찾아 시비를 따지고, 상대를 이길 수 있으면 화를 내고, 이길 수 없으면 복수의 기회를 노리게 되는 것이다. 화나고 짜증 날 때 자신이 얼마나 고통스럽기에 화내고 짜증 내고 싶은지를 살펴서 그 고통을 충분히 이해하고 안아준 적은 있는가? 반대로 그러한 자신의 고통을 눈치채지 못하고 마치 전혀 고통스럽지 않은 사람처럼 상대와 시비하며 논쟁하지는 않는가? 혹시 속에서는 부글부글하는데 멋진 사람으로 보이려고 참으면서 억지로 웃고 있지는 않은가? 화의 원인은 고통이고 아픔이다. 그 고통과 아픔을 직시하고 충분히 아파해야 시비를 핑계 삼아 화내지 않을 수 있다.

화와 핑계

나는 타고난 유전자 때문에 그런 건지 아니면 변호사라는 직업 때문에 그런 건지 다른 사람이 규칙을 위반하면 지적하는 것을 좋아했다. 그러다 얻은 습관 중에 하나가 운전 중에 다른 사람이 교통규칙을 위반하면 곧바로 불쾌해져서 "저런 놈들 때문에 이 사회가 엉망이지!"라고 화를 내곤 했다. 그때 나는 다른 사람이 규칙을 위반했기 때문에 화가 나는 것이라고 생각했고 그 생각에 한 치의 의심이 없었다.

그런데 어느 날 이러한 내 생각이 틀렸다는 것을 인정하지 않을 수 없는 중요한 일이 발생했다. 아내로부터 전화 한 통을 받았다. 장모님이 내가 살고 있는 이천으로 고속버스를 타고 오시니 시간이 되면 마중을 나가서 집으로 모시라는 내용이었다. 나는 마침 시간이 되어 장모님을 모시기 위해 차를 운전해서 터미널로 향했다. 터미널 교차로에 도착했으나 장모님이 도착하려면 5분 정도 더 있어야 했고, 그렇다고 멀리 주차해 놓고 터미널로 와서 장모님을 모시고 다시 주차장으로 가자니 너무 번거롭다는 생각이 들었다. 그때 터미널 교차로는 신호가 끝났음에도 꼬리를 물고 들어오는 차량 때문에 정체가 심했고 여기저기서 경적 소리가 요란한 상황이었다. 그런데 이상하게도 내 마음은 다른 사람들의 규칙 위반을 지적하고 싶지 않았고, 솔직히는 조금만 더 정체된다면 바로 장모님을 모실 수가 있다는 생각에 좀 더 정체되기를 은근히 바라고 있었다.

그때 나는 그런 내 모습을 보고 많이 놀랐다. 왜냐하면, 그동안 다른 사람들의 규칙 위반 때문에 내가 화가 나는 거라고 믿었는데 나는 전혀 화가 나질 않았고 오히려 차량 정체가 좀 더 지속되기를 바라고 있는 내 모습을 보았기 때문이다. 그때에도 다른 사람들이 규칙을 위반하고 있었고 그로 인해 교통이 매우 혼잡해져서 내가 운전하는 차량도 신호를 따라 진행할 수 없었다. 내가 다른 사람이 교통규칙을 위반해서 화를 낸 것이 맞는 것이라면 그때에도 나는 화가 났어야 한다. 그런데 나는 전혀 화가 나질 않았고 은근히 그 상황을 즐기고 있었던 것이다.

다른 사람이 규칙을 위반하는 상황에서 내가 화를 낼 때, 다른 사람의 규칙 위반 때문에 화가 난 것이 아니라면 도대체 나는 왜 화가 난 것일까? 나는 알았다. 다른 사람이 교통규칙을 위반하여 내 차량의 진행이 방해받으면 나는 불편해진다. 그런데 내가 불편한 이유는 다른 사람의 규칙 위반이 때문이 아니라 내가 빨리 가야 하는데 방해를 받거나 어느 방향으로 가야 하는데 방해를 받았기 때문이었다. 장모님 모시러 갔을 때 나는 빨리 갈 이유가 없었고 오히려 차량 정체를 바랐기 때문에 다른 사람이 교통규칙을 위반했는데도 불편하지 않았고, 그래서 화가 나지 않았던 것이다. 이처럼 나는 내 기대가 방해받아 마음이 불편해질 때마다 내 기대를 방해하고 있는 다른 사람의 행위에 대해 시시비비를 가리기 위한 판단을 하였다. 만약 다른 사람의 행위가 잘못된 것이라고 판단되면 다른 사람의 잘못을 지적하면서 나의 불편한 마음을 드러냈던 것이다. 다른 사람의 잘못을 지적하는 내용은 내가 화내는 것을 정당화시키기 위한 핑계였고 변명이었던 것이다. 내가 화를 내는 것은 내 마음이 불편하기 때문이고 다른 사람의 규칙 위반은 화내는 것을 정당화시키기 위한 핑계였다. 그래서 내 마음이 크게 불편하면 크게 화를 냈던 것이다.

　우리는 몸이 자극을 받아 아프면 아픔에 대한 표현을 하고 싶은 것처럼, 어떠한 자극을 받아 마음이 불편하여 아플 때 그에 대한 표현을 하고 싶다. 그런데 우리는 대체로 자존심 때문에 불편한 마음을 솔직하게 말하지 못하고 자극에 대한 부당성을 지적하는 것으로 핑계를 댄다. 그러한 우리의 행동이 습관이 되다 보니 우리는 자극의 부당성 때문에 우리 마음이 아픈 것으로 착각을 하고 있다. 이제는 마음이 불편하여 아플 때 자신의 고통을 차분히 지켜볼 수 있어야 한다. 그렇게 하여 마음의 불편은 자신의 기대가 방해받기 때문임을 알아야 한다. 우리의 기대가 클수록 마음이 많이 불편해질 수 있음을 우리는 알아야 한다. 마음이 불편할 때마다 다른 사람 핑계 대지 말자.

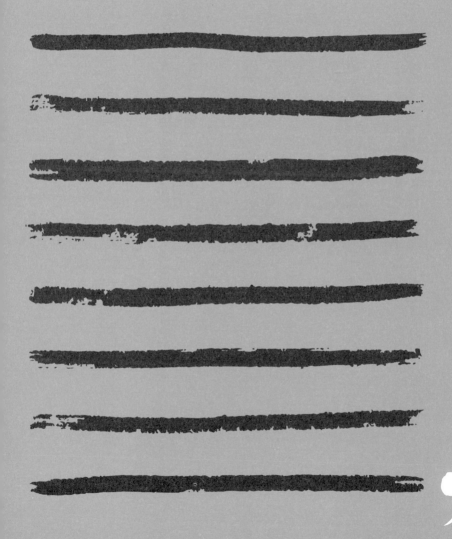

자유로운 삶

자유로운 삶에 대한
서로 다른 두 가지 태도

우리는 누구나 자유로운 삶을 바란다. 이는 우리 삶의 현실이 자유롭지 못한 것을 의미한다. 우리의 삶이 자유롭지 못한 이유는 무엇일까? 자유로운 삶이란 도대체 어떠한 삶일까? 자유 내지는 자유로운 삶을 어떻게 이해하는가에 따라 우리의 삶의 태도 전반이 달라진다. 우리는 일반적으로 '자기가 하고 싶은 대로 할 수 있는 것이 자유다'라고 이해한다. 나도 얼마 전까지는 자유를 이렇게 이해했다. 자유를 '자기가 하고 싶은 대로 할 수 있는 것'이라고 이해하는 사람은 공격적이고 경쟁적인 삶을 살게 된다. 자기가 할 수 있는 것을 마음대로 하기 위해 돈, 권력을 많이 소유하려고 한다. 돈과 권력이 더 많은 자유를 보장해줄 것이라고 믿기 때문이다. 그러나 돈과 권력은 우리에게 '우리가 하고 싶은 것을 할수 있는 자유'를 보장해줄 수는 있지만, 더 많은 자유, 더 많은 돈과 권력을 가지기 위해 다른 사람들과 경쟁하고 싸워야만 한다. 늘 다른 사람들과 경쟁하고 싸워야 하기 때문에 항상 긴장해야만 하고, 가지고 있는 돈과 권력을 놓치게 될까 봐 늘 두려워해야 한다. 이러한 사람들에게는 다른 사람이 사랑해야 할 대상이 아니라 싸워야 할 적이다. 이 사람들은 자신의 생각대로 하는 것이 자유라고 생각하기 때문에 사람까지도 소유하고자 한다. 이 사람들은 오래 살고 싶은 자유를 방해하는 죽음과 싸우기 위해 젊음 내지는 시간까지도 소유하고자 한다. 이 사람들은 늘 외로움에 떨 수밖에 없다. 이러한 삶의 태도로는 일시적인 행복을 얻을지는 몰라도 흔들리지 않는 행복을 얻을 수는 없다.

다른 한편, '자신의 평온한 마음이 외부 자극에 의해 흔들리지 않는 것이 진정한 자유다'라고 이해하는 사람들이 있다. 이제 나는 자유를 이렇게 이해하고 있다. 외부 자극에 의해 내 마음이 흔들리지 않는 것이 자유라고 생각하기 때문에 몸의 자유보다는 자유로운 마음을 중요하게 생각한다. 그리고 외부 자극은 우리 개인이 어찌할 수 없는 조건이기 때문에 외부 자극과 관계없이 우리 마음이 평온할 수 있는지에 주목하고 그것이 가능하다고 믿는 사람들이다. 이 사람들은 마음이 불편해질 때마다 외부 자극에는 관심이 없고 오로지 자신의 불편해진 마음만을 살핀다. 이 사람들은 마음이 불편하고 아파도 남 탓도 하지 않고 내 탓도 하지 않는다. 이 사람들은 자신과 타인을 있는 그대로 존중하고 사랑한다. 이들은 조건 없는 사랑과 조건 없는 행복을 추구한다. 이 사람들은 저항하는 태도가 괴로움을 발생시킨다고 믿기 때문에 죽음을 포함한 모든 것을 있는 그대로 받아들이는 삶을 지향한다. 자신의 마음이 외부 자극에 전혀 흔들리지 않을 수 있는 지혜를 배워 그렇게 살 수 있다면 흔들리지 않는 궁극적인 행복을 얻을 수 있다고 믿는다.

우리가 자유로운 삶을 살고 싶은 이유는 자유로운 삶이 행복한 삶이기 때문이다. 따라서 흔들리지 않는 궁극적인 행복을 줄 수 없는 삶의 태도는 지혜롭지 못하다. 그렇기 때문에 '자기가 하고 싶은 대로 할 수 있는 것이 자유다'라고 여기고 사는 것은 어리석은 삶이고, '자신의 평온한 마음이 외부 자극에 의해 흔들리지 않는 것이 진정한 자유다'라고 이해하고 사는 것이 지혜로운 삶이다.

입만 열면 불평불만 하는 사람은 끊임없이 외부의 자극에 마음이 흔들리는 사람으로서 매우 자유롭지 못한 사람이다. 반대로 자신에게 피해를 주는 사람마저도 미워하지 않을 정도로 사랑하는 마음이 큰 사람은 참으로 자유로운 사람이다. 성경에서는 '원수를 사랑하라!'고 가르치고 있는데 진정으로 자유로운 사람이 되라고 가르치고 있는 것이다.

　결국, 사랑의 크기만큼 자유롭고 행복한 삶을 살 것이며, 불평하고 미워하는 마음만큼 자유 없는 노예의 삶을 살게 될 것이다. 자신을 사랑하지 못하는 사람은 결코 남을 사랑할 수 없고, 자기를 사랑하는 만큼만 남을 사랑할 수 있다고 하니, 자유로운 삶을 위해서는 무엇보다 자기 사랑과 자존감을 높이는 것이 가장 중요하다.

삶을 리드할 것인가?
아니면 삶의 흐름에 나를 맡길 것인가?

　우리는 흔히 삶이라는 것을 잘 통제해서 자기가 원하는 방향으로 이끌어 갈 수 있다고 생각하며 살아간다. 그래서 자신을 채찍질하고, 자식, 배우자, 친구 등 다른 사람에게 이래라저래라 한다. 심지어 여행 갈 때 날씨가 좋길 바라면서 폭우라도 쏟아지면 하필이면 이런 날을 잡았느냐고 불평하고, 약속시간에 맞추려고 애쓰면서 신호에 자꾸 걸리면 신호등에 대고 짜증 내고, 버스나 지하철을 타고 가다가 피곤해서 잠을 자려는데 옆 사람이 통화라도 하면 짜증을 내곤 한다. 우리가 흔히 살아가는 모습이다.

　사실 자세히 살펴보면, 삶이라는 것은 우리가 어찌 통제해서 우리가 원하는 대로 이끌어 갈 수 있는 게 아니다. 삶이라는 것과 싸워서 이긴 사람은 한 명도 없다. 한순간은 마치 우리가 삶을 통제해서 멋진 결과를 만든 것처럼 여겨질 때도 있지만 사실은 다른 조건들이 잘 맞아서 자기가 원하는 결과가 이뤄졌음을 이해할 수 있어야 한다.

우리 자신의 삶을 한번 꼼꼼하게 살펴보자. 삶과 싸워서 이긴 적이 있는지, 이겼다고 여겨지는 순간에 대해서도 자신의 의지와 노력만으로 그 결과를 얻은 것인지 아니면 자신의 노력에도 불구하고 실패할 가능성이 얼마나 컸고, 다른 사람들의 도움은 얼마나 많았는지에 대해 다시 한 번 생각해 볼 필요가 있다.

결코, 삶과 싸워서 이길 수는 없다. 삶을 어찌해보려고 애쓰는 사람은 괴로움과 불행 그리고 외로움과 친구할 수밖에 없다. 우리가 삶을 이끄는 것이 아니라 삶이 우리를 이끌어 간다는 지혜와 진리를 이해하고 실천할 수 있어야 한다. 그래서 영웅이 시대를 만든다고 하지 않고 시대가 영웅을 만든다고 하는 것이 아닐까? 만약 삶을 이끌어 가려고 노력하고 있다면 불가능한 싸움을 하고 있는 것이기 때문에 그 사람은 힘들고 괴롭고 불행할 수밖에 없다. 반대로 삶이 자신을 이끌어 가도록 삶의 흐름에 자신을 맡길 수 있는 사람은 너그럽고 여유 있고 자유로운 인생을 살 수 있을 것이다.

삶이 지루한 이유,
초지일관

우리는 개인적 차이는 있겠지만 참으로 많은 날을 살아왔고, 앞으로 수많은 날을 살아가야 한다. 그런데 언제부턴지 우리는 어제와 비슷한 오늘을 살아가고 그러한 지루한 일상이 반복된다. 우리는 지루한 일상을 두려워하고 그래서 일탈을 꿈꾸고 일탈을 감행하기도 한다. 그러나 일탈이 끝나고 나면 또다시 지루한 일상이 시작, 반복되고 만다.

우리의 일상이 지루한 이유는 무엇 때문일까?

우리 모두는 각자 나름의 가치관을 가지고 살아가고 시간이 지날수록 그 가치관은 확고해진다. 그래서 우리는 매 순간 마주치는 삶을 그대로 받아들이지 못하고, 우리의 가치관을 기준으로 매 순간의 삶에 대해 옳은지 그른지 판단하며 살아간다. 그 결과 틀렸다고 여겨지면 짜증 내고 배척하고 저항하고 분노하면서 우리의 삶으로 받아들이지 않으려 하고, 옳다고 판단되는 것들만 우리 삶의 일부로서 받아들이며 살아간다.

이처럼 매 순간 새로운 삶이 우리를 찾아와도 우리는 자신이 이해할 수 있고 받아드릴 수 있는 것만 자신의 삶으로 인정하다 보니 단조롭고 지루한 삶이 반복될 수밖에 없는 것이다. 오히려 이해가 안 되는 의외의 상황을 만났을 때 틀림없이 내가 모르는 무엇이 있을 거라고 생각하고 수용적 태도로 삶의 매 순간을 마주한다면 더욱 활기차고 변화무쌍한 우리의 인생이 펼쳐질 수 있을 것이다.

우리는 '초지일관初志一貫'이라는 말이 매우 훌륭한 덕목으로 장려되고 있는 사회에 살고 있다. 그러나 세계적 대문호였던 서머셋 모옴이 《달과 6펜스》라는 작품을 통해 "초지일관은 가장 나약한 자의 소신이다."라고 분명하게 말했던 것을 기억할 필요가 있다.

자유를 위한 기도

그대여
다음과 같이 살아갈 수 있도록 도와주세요.

누구를 만나든
상대를 설득하려고 애쓰지 않도록 도와주세요.

어떠한 상황에 처하든
상황에 저항하며 애쓰지 않도록 도와주세요.

삶에서 만나는 모든 것에 대해
감사할 수 있도록 도와주세요.

누군가 나에게 큰 고통을 주더라도
그가 이미 아파서 그랬음을 이해하고
그 사람을 사랑할 수 있게 도와주세요.

삶의 매 순간마다
생각해서 판단하지 않고
있는 그대로 받아들일 수 있도록 도와주세요.

삶을 이끌어 가려 애쓰지 않고
삶의 흐름에 나를 던질 수 있게 도와주세요.

원망과 자책을 하지 않고
남과 나의 아픔을 이해할 수 있도록 도와주세요.

의존적인 삶과
자유로운 삶

　우리는 타인으로부터 인정받고 사랑받고 싶다. 그러나 타인의
인정과 사랑보다 자신의 인정과 사랑이 중요하다. 왜냐하면, 타인
은 나를 제대로 알지 못하고, 자기를 제대로 아는 사람은 자신밖
에 없기 때문이다. 나를 제대로 알지 못하는 타인이 나를 인정하
고 사랑한다는 것은 나의 단편적인 말과 행동이 그의 생각이나 가
치관에 부합한다는 정도의 의미일 뿐이다. 그래서 사람들은 한때
나를 좋아하다가도 나의 다른 행동을 보고서 자기의 생각과 다르
면 "내가 사람을 잘못 봤군." 하면서 나에 대한 인정과 사랑을 거
둬들이게 된다. 결국, 나를 진정으로 사랑할 수 있는 것도 자신뿐
이고 나를 철저히 싫어할 수 있는 것도 자신뿐이다. 왜냐하면, 나

의 모든 것을 알고 있는 것은 나 자신밖에는 없으니까.

우리들은 자신의 삶을 하나하나 살펴볼 때 양심 없는 자신, 결점 많은 자신, 몰인정한 자신, 거짓말하는 자신, 사랑하고 싶어도 사랑할 수 없는 자신을 발견하게 된다. 그래서 스스로 못난 자신의 모습을 가만히 지켜볼 용기가 없다. 보통 우리가 혼자 있는 시간이 두려운 이유는 자신의 못난 모습을 직면해야 하기 때문이다. 자기 스스로 자신을 인정하지 못하고 사랑하지 못한다는 건 너무나 큰 외로움이고 인생을 잘 못 살고 있다는 엄청난 불안감과 두려움이다. 그러다보니 우리는 대부분 혼자 있기보다는 누군가와 함께 있고 싶고, 혼자 있는 경우에도 무언가 과도하게 열심히 하면서 억지로 자신의 처지를 생각하지 않으려고 애쓰게 된다.

우리는 다른 사람으로부터 인정과 사랑을 받으려고 재산도 많이 모으고, 좋은 대학도 가고, 높은 자리에 오르고, 심지에 남에게 아첨도 떨곤 한다. 그러나 이 모든 것은 대체로 부질없다. 왜냐하면, 이 모든 것이 다른 사람으로부터 인정받고 사랑받기 위한 수단이기 때문에 많은 재산, 좋은 학벌과 경력, 높은 지위와 권력에도 불구하고 다른 사람이 나를 인정해주지 않으면 의미가 없기 때문이다. 그래서 누군가 많은 재산과 높은 권력을 가졌음에도 불구하고 그를 인정해주지 않는다면 그는 당황스럽고 화가 나서 돈과 권력을 가지고 자신에 대한 인정과 사랑을 강요하려 들 것이다.

자기를 가장 잘 알고 있는 나 스스로 자신을 진정으로 인정하고 사랑한다면, 나를 잘 모르는 다른 사람이 나를 인정하지 않는다고 해도 화가 날 이유는 없는 것이다. 그렇지만 나 스스로도 내가 못마땅한 상태에서 남이 나를 인정해주지 않을 때에는 그가 나의 못난 점을 눈치채고 그러한 결점을 지적하면서 내 자존심을 상하게 하니 화가 날 수밖에 없는 것이다. 스스로 자신을 진정으로 인정하고 진정으로 사랑하지 못하는 한 타인으로부터의 인정과 사랑을 찾아다니면서 한순간 인정받고 사랑받으면 좋아하고 그렇지 못하면 외로워하고 화내고 짜증 내는 의존적인 삶을 살 수밖에 없을 것이다. 그러니 우리가 외로운 근본적인 이유는 타인이 나를 사랑해주지 않아서가 아니라 나 스스로 자신을 사랑하지 않기 때문이다. 결국, 우리가 진정으로 외롭지 않고 의존적인 삶을 살지 않으려면 스스로 자신을 진정으로 사랑해야 한다. 자신을 사랑하기 위해서는 우선 생활 속에서 자신의 마음 상태를 차분하게 살펴 자신의 모습을 제대로 보고 알 수 있어야 한다. 특히 감정이 일어날 때 도대체 무엇(경험, 인식, 자극)을 어떻게 해석(생각)하여 받아들였기에(믿음) 그러한 감정이 일어나는지를 차분하게 지켜보고 알 수 있어야 한다. 또한 어떠한 자극에 대해서는 늘 부정적으로 받아들이고 있고, 다른 자극에 대해서는 늘 긍정적으로 받아들이고 있는 자신을 발견해야 한다. 무엇인가 인식할 때마다 자신의 괴로웠거나 행복했던 과거의 경험이 자극되고, 그로 인해 마음이 불쾌해지기도 하고 유쾌해지기도 하며, 그에 따라 자신의 경험이나 인식을 나쁘게도 해석하고 좋게도 해석한다는 것을 이해하여야 한다.

마지막으로 그러한 자극을 받을 때마다 너무나 고통스러워하는 나 자신을 스스로 철저히 외면하고 있다는 것을 이해하고, 지금부터라도 고통스러워하는 자신을 따뜻하게 안아주면서 그 고통을 충분히 함께 아파해주고 함께 울어 주어야 한다. 이러한 경험을 통해 자신이나 타인들이 상식을 벗어난 행동을 할 때, 각자의 고통스러운 과거의 경험이 자극되어 너무 아프고, 그 아픔을 피하거나 잊기 위해 과도하게 반응하는 것이라는 것을 이해할 수 있게 될 것이고, 그러면 자신과 타인의 행동을 더 깊이 이해하고 더 많이 사랑할 수 있게 될 것이다.

나는 생각한다. 고로 존재한다?

우리는 늘 생각을 한다. 생각을 하지 않는 시간은 거의 없다.

"나는 생각한다. 고로 나는 존재한다."는 유명한 말도 있다. 이 말은 '내가 생각하지 않는다면, 나는 존재하지 않는다' 내지는 '나는 누구인가? 나는 내 생각이다. 내 생각이 바로 나다'라는 의미가 된다. 또한 우리는 대체로 "나는 생각한다. 고로 나는 존재한다."는 말을 긍정적으로 받아들인다. 즉 이 말을 '생각의 긍정성' 내지는 '생각의 위대함'을 상징하는 말로 이해하고 있다. 그렇게 믿고 있기 때문에 우리는 생각을 잘하려고 노력한다. 그래서 우리는 늘 생각이 많다. 고민하고 고민하여 계획을 마련하고 순간순간 수도 없이 생각한다. 심사숙고하여 판단해서 일을 추진했음에도 불구하고 일이 잘못되면 스스로 "내 생각이 짧았어!"하고 자책한다.

그러나 생각이라는 것이 정말 우리 삶에 긍정적인 역할을 하는 것일까?

생각이란 것은 우리를 불행하게 만든다. 생각을 많이 하면 할수록 삶을 있는 그대로 보지 못하게 만든다. 생각이 깊으면 깊을수록 신념은 강해진다. 강해진 신념은 자기 고집으로 이어진다. 자기 고집은 자신과 타인을 자기 생각 속에 가두려고 하고, 삶을 자기 마음대로 이끌어 가고 싶은 욕망을 강하게 한다. 자신과 타인을 자기 생각 속에 가두고자 하는 욕망은 그럴 수 없는 현실과 부딪혀 실망과 좌절 그리고 자책과 원망을 많이 하게 만든다. 실망과 좌절 그리고 자책과 원망은 우리의 삶을 괴롭고 불행하게 만든다.

생각을 깊게 하는 것은 타인의 인정과 사랑을 통해 행복해질 수 있다고 믿는 사람들이 즐겨 사용하는 수단이다. 심사숙고하는 태도는 돈과 권력이 우리의 자유를 보장해주리라고 믿는 사람들이 좋아하는 삶의 미덕이다. 그러나 안타깝게도 생각을 깊게 하여 심사숙고하는 태도는 경쟁에서 이기는 데는 도움이 될 수 있을지 모르지만, 자신을 힘들게 하고, 괴롭히고, 외롭게 하고, 늘 불평불만하게 만들고, 자신과 타인에 대한 사랑이 고갈되게 만들어 자유도 없고 행복도 없는 곳으로 안내하게 될 것이다.

우리는 타인으로부터 인정받고 싶다. 또한 우리의 생각이 우리 자신이라고 생각한다. 우리 생각을 인정받는 것이 곧 우리 자신을 인정받는 것이라고 여긴다. 타인으로부터 우리 생각을 인정받기 위해서는 남보다 더 멋진 생각을 만들어내야 한다. 남의 생각을 이길 수 있는 생각을 만들기 위해 우리는 불철주야 시시각각 생각하고 또 생각한다. 스스로 만족스러울 때까지 생각하고 고민하려는 게 우리의 습관이다.

드디어 그동안 노력해서 만든 우리의 생각을 남들 앞에 선보이고 인정받기 위한 무대가 펼쳐진다. 그것이 우리가 일상적으로 하는 대화의 장이다. 우리는 대화를 하면서 그동안 갈고닦은 우리의 생각을 소개하면서 이렇게 훌륭한 내 생각에 동의하라고 때론 부드럽게 때론 거칠게 강요한다. 상대를 자기의 생각 속에 가두려고 하는 것이다. 우리는 내 생각에 동의하면 좋아하고 거부하면 자신이 무시당했다고 여겨 화가 난다.

타인으로부터 자기 생각을 인정받아서 행복해지고자 하는 태도는 결국 자신을 상대의 노예처럼 살게 만든다. 자유가 없는 삶을 살게 하는 것이다. 상대가 내 생각에 동의하는지 아닌지에 따라 즐거움과 괴로움 사이를 왔다 갔다 해야 하니까. 우리들 모두가 자신의 생각이 곧 자기라고 믿고 자기 생각을 인정받고 싶어 경쟁적으로 자기 고집을 부린다는 것이다. 그러한 사람들이 똑같은 목적(자기 생각의 인정)을 가지고 대화에 임하게 되니 대화는 언쟁으로 끝나는 경우가 대부분이다.

내가 남의 노예가 아니라 나의 진정한 주인으로서 살아가려면 어떻게 해야 할까? 상대를 내 생각 속에 가두려고 하지 않아야 한다. 그보다 더 좋은 방법은 내 생각을 너무 믿지 않는 것이다. 가장 좋은 방법은 평상시에 생각을 덜 해서 자기신념을 만들지 않는 것이다. 믿을 만한 자기 생각이란 것이 없으면 대화에서 늘 상대의 의견을 존중해줄 수 있을 것이다. 자기 생각을 존중받은 상대방은 기분 좋아져서 그도 나를 인정하고 사랑할 수밖에 없을 것이다.

인생의 숙제

우리의 삶이나 인생을 살펴보면 하루하루 쉬운 날이 하루도 없는 듯하다. 어제도! 그제도! 오늘도! 끊임없이 우리를 아프게 하는 일들이 생긴다. 그때마다 힘겹게 일을 해결하고서 '이제는 좀 편해지겠지.' 하고 생각하지만, 자고 일어나면 또다시 우리를 고통스럽게 하는 일들이 발생한다. 마치 우리를 괴롭히려는 일들이 이미 줄을 서서 기다리고 있는 것처럼 느껴지기도 한다. 매일매일 찾아와 나를 아프게 하는 일들이 신이 나에게 내주는 인생의 숙제라고 생각하며 살고 있다. 신이 나에게 내주는 인생의 숙제를 잘 풀어서 신을 기쁘게 해 드려야 하겠다는 마음으로 살고 있다.

매일매일 우리를 괴롭히는 문제들이 발생할 때마다 우리를 괴롭히는 사람과 싸울 것이 아니라, 그 사람이 나를 괴롭히려고 그런 것일까? 아니면 내가 그렇게 생각하는 걸까? 나는 아무 잘못이 없는가? 나는 아무런 잘못이 없더라도 그는 무슨 오해로 이러는 걸까? 나는 비록 선의적으로 한 말과 행동이지만 그것이 그에게 상처가 된 것은 아닐까? 하고 생각하면서 매일매일 나를 찾아오는 숙제들을 멋지게 풀어 보려고 노력하고 있다.

인생의 숙제는 매일매일 찾아온다. 우리는 그 숙제를 받으면 아프고 괴롭다. 숙제를 받은 우리는 숙제를 풀지 않겠다고 저항하지 않아야 한다. 그러기 위해서는 숙제를 받을 때마다 느껴지는 고통을 똑바로 직시해야 한다. 그리고 그 고통을 충분히 함께 아파해주고 함께 울어줘야 한다. 그래야 그 고통을 피하기 위해 남을 원망하며 싸우지 않을 수 있고, 자신을 자책하며 채찍질하지 않을 수가 있다.

인생은 숙제의 연속이고 고통의 연속이다. 그 고통을 지혜롭게 극복하는 것이 중요하다. 고통을 회피하지 말라! 고통에 저항하지도 말라! 그저 그 고통을 지켜보면서 함께 충분히 아파하라! 그 고통이 사라질 때까지!

고통을 피해 도망가려고 하면 두려움이 추격해 올 것이다!
고통에 맞서 저항하면 괴로움이라는 악마로 변할 것이다!
고통을 사랑의 눈물로 감싸주면 나를 천국으로 안내할 것이다!

봄 春

봄을 기다리니
봄은 더욱 늦장 부리고

봄을 좋아하니
봄은 더 빨리 도망가네.

봄은
그저 그냥
무심히 왔다가 무심히 가는데

봄을 기다리고 좋아하며
늦게 온다, 빨리 간다, 안절부절못하는구나.

정치와 사랑

신념이 권력을 만나면

　우리는 살아가면서 수많은 경험을 하게 되고 경험을 통해 가치관이나 인생관을 갖게 된다. 가치관이나 인생관이란 것은 우리가 살아가면서 만나는 사람과 사안에 대하여 옳고 그른 것을 판단하는 기준으로서의 기능을 한다.

　우리는 수많은 사람을 만나게 되고 그들이 살아가는 모습을 보면서 우리의 가치관, 인생관을 기준으로 그들의 삶의 태도를 옳다 그르다 판단하게 된다. 남의 삶의 태도가 그르다고 여겨질 때 속으로 생각만 할 때도 있지만, 적극적으로 지적하고 따질 때도 많이 있다. 그로 인해 많이 다투기도 한다.

　만약, 내가 남의 삶의 태도를 지적하고 나의 삶의 방식을 강요할 때 그가 나에게 저항할 힘이 없다면 나의 지적과 강요는 그에게 폭력이 될 것이다. 즉, 내가 권력을 가지고 남의 삶을 지적하면서 내 방식을 강요한다면 그것은 폭력이다. 비록 '정의'라는 이름으로 멋지게 포장했더라도.

우리는 혹시 자식에게 "이렇게 살아야 한다. 저렇게 살아야 한다."고 강요하고 있지는 않은가? 혹시 부하 직원에게 그러고 있지 않은가? 대통령, 국회의원, 시장 등 권력을 가진 사람들이 시민들에게 자신의 신념으로 폭력을 행사하고 있지는 않은가? 선생님이 학생들에게, 종교지도자들이 신도들에게 그러고 있지는 않은가?

나의 경험과 가치관을 존중받고 싶듯이 남의 경험과 인생관도 존중해야 한다. 물론 심각할 만큼 왜곡된 인생관을 가진 사람도 있다.

왜곡된 가치관을 가진 사람이 힘센 권력을 갖게 되는 것은 경계해야 한다. 왜곡된 신념이 거대한 권력을 만나면 그 권력의 크기만큼 무시무시한 폭력을 낳게 되고 그 권력의 피지배자들이 받게 될 고통과 피해, 불행은 너무나 클 수밖에 없다.

신념이 권력을 만나면 폭력이 되겠지만, 사랑이 권력을 만나면 행복이 될 것이다. 그래서 자신의 신념을 관철시키기 위해 정치를 하는 것은 위험하다. 시민들을 진정으로 사랑하는 마음으로 정치를 해야 할 것이다.

정치도 사랑이다

　사람이 하는 모든 일은 사랑에 기초해야 한다. 사랑하는 마음 없이 하는 일은 반드시 문제를 일으킨다. 정치도 사람이 하는 일이므로 사랑에 터 잡아 행해져야 한다. 정치는 그 목적이 시민들에 대해 사랑을 실천하는 것이어야 한다. 만약 시민에 대한 사랑이 아닌 다른 목적을 가지고 정치를 한다면 시민들에게 강도와 살인보다도 더 못된 행위가 될 것이다. 우리 사회에서 시민들의 정치 불신이 큰 것을 고려하면 그동안 사악한 목적을 가지고 행해진 정치가 참으로 많았었다는 생각이 든다. 물론 시민들에 대한 사랑을 실천하기 위해 노력하는 정치인들도 많지만, 그렇지 않은 정치인들도 무척 많다.

　정치는 시민에 대한 사랑을 실천하기 위한 마음으로 해야 한다. 사랑으로 정치를 해야 당선되기 전이나 당선되고 나서나 똑같이 선한 정치를 할 수 있다. 사랑으로 정치를 해야 당선되기 전이나 당선된 후나 존경받는 정치인이 될 것이다. 그래야 정치인 자신에게도 이롭고 시민에게도 이로운 정치를 할 수 있을 것이다.

정치는 시민들이 행복한 삶을 영위할 수 있는 사회적 환경을 정하는 일이다. 정치가 시민들의 행복지수를 결정하는 데 중요한 역할을 한다. 지금 우리들은 어떠한 기준을 가지고 정치인을 선택하고 있는가? 혹시 불충분한 정보를 통해 형성된 자신의 생각이나 가치관을 충족시켜 주는 사람을 찾고 있지는 않은가? 아니면 내 사업에 도움이 될 수 있는 사람을 선택하고 있지는 않은가?

어떤 사람의 인격을 알려면 그에게 권력을 줘보라는 말이 있다. 사랑의 힘이 큰 사람이 정치를 해야 한다. 사랑하는 마음이 부족하고 미워하는 마음이 큰 사람은, 당선되더라도 그 권력으로 폭력을 행사할 것이다. 정치인에게 주어지는 권력은 미움과 분노를 표출하는 총칼이 아니라 사랑을 실천하는 엄마의 손이 되어야 한다. 정치인이 되고자 하는 사람은 자신이 한 번도 만나보지 못했거나 잘 알지 못하는 시민들도 사랑할 수 있는지 고민해 봐야 한다. 정치 무대란 시민에 대한 사랑이 얼마나 크고, 그 사랑을 실천할 지혜와 용기가 있는지를 평가하는 시험장이고, 정치인은 그 시험을 보는 수험생이기 때문이다. 시민에 대한 사랑이 부족한 상태

에서 정치를 하게 되면 자신에게도 시민에게도 불행을 초래하게
할 것이다.

지금 이 순간 우리는 각자 자신을 되돌아봐야 한다. 정치인은
자신의 시민에 대한 사랑의 크기를, 유권자는 자신의 정치인에 대
한 평가 기준을 재점검해봐야 한다.

소국과민 小國寡民

　요즘 우리 시민들에게 "정치가 제대로 돌아가고 있다고 생각하나요?"라고 물으면 십중팔구는 "정치요? 정치는 무슨! 이게 정치인가요? 개판이지!"라고 대답할 것이다. 또 한편으로는 "쟤는 너무 정치적이야! 그래서 밥맛이지."라는 얘기도 자주 듣고 자주 한다.

　이처럼 우리 국민들은 정치에 대한 희망을 이미 포기했는지도 모르겠다. 그래서 그런지 지방선거 때마다 투표율은 기껏해야 50%를 조금 넘기는 수준이다. 그럼에도 선거에서 당선된 사람은 "나를 지지하는 사람이 더 많다."고 오해하기도 한다. 20명 중 절반인 10명이 투표해서 6명의 지지를 받아 당선되더라도 14명은 그를 싫어한다는 사실을 잘 모르는 말이다.

정치라는 것이 도대체 무엇이기에 우리나라 정치가 왜 이 지경까지 이르게 되었을까? 정치라는 것은 권력을 통해 국민들의 행복에 이바지하는 것이 아닌가? 정치인들은 정치권력을 획득하고 유지하는 데(선거. 당선)에는 정성을 다한다. 그러나 그들에게는 국민들의 행복에 이바지할 수 있도록 정치권력을 행사할 수 있는 능력과 의지가 많이 부족한 듯하다. 이것이 우리나라 정치 현실이 국민들로부터 외면받는 이유가 아닐까 하고 생각해본다.

국민들은 과연 어떠한 정치를 바라고 원할까? 중국의 노자는 '도덕경'에서 정치의 네 등급을 다음과 같이 설명했다.

가장 멋진 정치는 백성들이 임금이 있다는 것은 알지만 백성들이 행복한 것은 본래 그런 것이지 임금이 잘해서 그런 것이 아니라고 믿고 있을 정도의 정치다.

그다음으로 잘하는 정치는 백성들이 행복한 것은 임금 덕분이라고 생각하여 임금을 칭송하고 존경하는 사회의 정치다.

그다음 수준의 못된 정치는 백성들이 행복하지 못함에도 불구하고 임금이 무서워서 저항하지 못하는 사회의 정치다.

가장 못된 정치는 백성들이 임금을 비웃고 있는 사회의 정치다.

우리 대한민국 정치의 현주소는 어딘가?

노자는 도덕경에서 소국과민(小國寡民)이 이상적인 모습이라고 하였다. 나라 크기가 작고 백성 수는 적을 때 백성들을 위한 정치가 가장 잘 실현될 것이라고 보았다. 오늘날처럼 나라는 크고 국민도 많은 형태의 국가 단위에서는 백성을 위한 바람직한 정치가 참으로 어려울 것을 예견했던 것처럼 보인다.

국가의 규모가 대단히 크고 국민의 숫자도 많은 현실을 고려할 때, 국민들의 행복한 삶을 위한 정치가 제대로 이루어질 수 있으려면, 지방분권적 정치 내지는 제대로 된 지방자치의 실현(주민자치)이 필요한 시점이다.

수신修身이 먼저다

중국고전인 大學에 수신제가치국평천하修身 齊家 治國 平天下라는 말이 있다. 너무나 유명한 말이다. 修身이 가장 중요하고 修身이 먼저다. 왜냐하면 修身이 안 되면 다음 단계인 齊家 및 治國과 平天下는 불가능하기 때문이다.

요즘 신문, TV를 비롯한 언론매체를 보면 온통 治國에 대한 얘기들만 무성하다. 그러나 어려운 治國을 이야기하는 것이 먼저가 아니라 修身과 齊家를 말하는 것이 우선이라고 본다. 나라를 바로 세우겠다던 유명 정치인들의 비양심적이고 부도덕한 처신과 가족 및 친인척 비리로 인해 몰락하는 과정을 지켜보면서 修身과 齊家도 못하는 사람들이 治國하겠다고 욕심을 부렸음을 알게 된다. 또한 우리들의 일상을 보더라도 가족들이 편안하지 못한 상황에서 가장이 자신의 역할과 책임을 되돌아보지 않고, 배우자나 자식들에 대해 불평불만을 하는 경우도 많이 보게 된다.

그렇다면 修身이란 무엇일까? 타인을 미워하지 않고 사랑할 수 있는 인격, 타인을 이기려고 하지 않고 도와주려는 인격, 일이 잘못되어도 남 탓하지 않을 수 있는 인격을 갖추는 것이다. 결국, 타인을 사랑할 수 있는 인격을 갖추는 것이 바로 修身인바, 수신의 크기가 중요하다. 자기를 좋아하는 몇 사람만 사랑하는 사람은 전혀 수신이 안 된 사람이다. 자신을 싫어하고 미워하는 사람도 사랑할 수 있고, 자신에게 피해를 준 사람도 사랑할 수 있다면 수신이 많이 된 사람이라고 볼 수 있다. 모든 사람을 있는 그대로 사랑할 수 있는 사람이라면 완전한 수신이 된 것이다. 그래서 남을 제대로 사랑할 수 있는 修身이 되어 사랑으로 가정을 다스리면 가족들이 편안해져서 齊家가 이뤄지고, 사랑으로 나라를 다스릴 때 국민이 편안해져서 治國이 이뤄질 수 있는 것이다.

그러므로 우리는 남을 사랑할 수 있는 마음과 인격의 크기에 따라 사회적 지위를 가져야 한다. 그래야 그 역할을 제대로 수행해서 사회적 기여를 할 수 있고, 그에 따라 구성원들로부터 존경과 사랑을 받을 수 있을 것이다.